LES ROMANS CHOISIS
L'AMOUR
par MAURICE LANDAY
60c
L'OUVRAGE COMPLET

Maurice LANDAY

M'AMOUR

CHAPITRE PREMIER

Premier Amour

Sophie avait à peine seize ans lorsque sa mère mourut, non sans lui avoir conseillé : « Si t'as jamais du malheur, tu n'as qu'à aller à Vézelles et à demander après Lacogne, fermier aux Six-Routes. C'est ton père. »

Seule alors dans la vie, Sophie avait frôlé le vice de l'atelier, puis celui de la rue et n'avait pas tardé de faire partie de ce pauvre troupeau de « filles » que nous rencontrons en mal de mâle à chaque coin de rue... Ce n'était pas une mauvaise nature. A vingt ans, écœurée, elle désespérait de jamais vivre dans l'oubli de la honte continuelle d'une existence qui la plaçait alors au ban de la société, lorsqu'elle connut la joie délicieuse d'aimer un être loyal et bon, qu'elle rencontra par hasard.

Tout d'abord elle s'était gaussée de ce « grand benêt », pas vilain garçon, qu'elle croisait tous les soirs dans la rue Fontaine, à l'heure où elle descendait vers la Madeleine.

Lui, la dévorait du regard, depuis le premier jour où il l'avait remarquée. Mais jamais il n'avait osé l'aborder.

Il se contentait de se retourner sur elle, tout en poursuivant sa route, jusqu'à ce qu'il l'ait perdue de vue. Elle aussi se retournait sur lui et peu à peu, il lui était devenu sympathique. Elle l'avait alors complaisamment détaillé ; il était brun, élancé, mis avec une certaine et très discrète élégance, son visage était barré par une moustache soyeuse et un peu forte qui moussait sur des lèvres sensuelles, ses yeux étaient « enjôleurs » et doux. Elle en vint à penser : « Est-il bête de ne pas me parler ». A partir de ce moment-là, dès qu'elle l'apercevait, elle ralentissait sa marche, prête à s'arrêter quand il était près d'elle et le voyait, à regret, poursuivre sa route, timide et gauche.

Deux semaines s'écoulèrent. Maintenant, elle le regardait tendrement. Ils en vinrent à se sourire et de jour en jour, plus éloquemment.

Un soir, — c'était un samedi, — elle s'enhardit, — à la fin, c'était stupide de ne point brusquer les choses — et, se plantant devant lui, résolument, un peu gavroche, elle lui dit :

— B'jour, M'sieur.

Il lui répondit, la gorge séchée par une émotion sensuelle :

— Bonjour, Mademoiselle.

— J'vous fais donc peur ?

— Oh !... Oh ! non !

— On le dirait... vous n'osez jamais me parler...

— Oh ! ce n'est pas l'envie qui m'en manque, allez !... mais, je craignais d'être indiscret !

Ils restèrent quelques secondes un peu gênés encore, puis elle demanda :

— Où allez-vous comme ça ?

— Je remonte là-haut !

— Où ça ?

— Rue Lepic, en face le Moulin de la Galette, chez le père la Victoire.

— Dîner ?

— Oui, dîner.

— Vous m'emmenez ?

— Oh ! je voudrais bien, mais...

— Mais quoi ? ça ne vous ferait pas plaisir de passer la soirée avec moi ?

— Oh ! si.

— Alors ?

— Mais vous, vos parents ?

Comme il était naïf et qu'elle portait « honnête », il l'avait prise pour une ouvrière.

— J'ai ma soirée libre, justement. Mon père et ma mère sont partis soigner une vieille amie malade.

— Alors, restons ensemble, allons dîner.

— Là-haut ?

— Oui.

— Pourquoi pas dans un bouchon, à Meudon ?

— Un bouchon ?... ah ! oui, un restaurant... Je veux bien, mais vous savez, je n'ai pas beaucoup d'argent.

Elle lui prit le bras, familièrement, et lui dit, câline :

— On se mangera les lèvres, ce sera toujours ça... et on n'a pas faim d'autre chose, pas vrai ?

— Je ferai ce que vous voudrez.

Elle proposa d'aller jusqu'au pont Royal, en voiture, et de prendre ensuite le bateau. Il accepta.

Dans le fiacre elle questionna :

— Vous êtes content d'être avec moi ?

— Oh ! oui !

Cette belle fille, pleine d'audace, l'intimidait plus que jamais.

Ce qui venait de lui arriver, et les allures trop libres de Sophie le laissaient rêveur, presque inquiet. Que lui réservait cette rencontre ? C'est qu'il avait le cœur très neuf et que, déjà, il prêtait à cette aventure une importance exagérée.

Sophie, en se pelotonnant contre lui, gamine et frôleuse, murmura :

— Ce serait drôle, tout de même, hein ! si on allait s'aimer ?

Il lui répondit avec un accent de grande sincérité :

— Moi, je vous aime déjà et depuis longtemps, allez !...

Et c'était vrai. Chaque jour, après qu'il avait rencontré Sophie, il ne vivait que dans l'espoir de la revoir, et, le lendemain, lorsqu'il s'engageait dans la rue Fontaine, son cœur commençait à battre de grands coups dans sa poitrine, son regard fouillait avidement le flot des passants ; et quand il apercevait la jeune femme, une angoisse un peu douloureuse lui paralysait les jambes, et séchait sa gorge.

Il mourait d'envie de l'accoster, mais il ne pouvait jamais s'y résoudre. Aussi, quand ce soir-là, elle l'avait arrêté et lui avait parlé la première, il avait éprouvé une joie immense et un soulagement sans égal.

Ils arrivèrent au Pont-Royal et s'embarquèrent sur une *Hirondelle* en partance pour Suresnes et Saint-Cloud.

Sur le bateau, ils coururent se réfugier à l'arrière. Là, ils se tenaient étroitement enlacés, dans la nuit qui tombait lentement, tandis qu'à l'horizon le soleil, dans une coulée d'or rouge, s'effondrait derrière de lointaines collines, laissant traîner sur l'eau des flaques de lumière vermeille qui s'étalaient sur la crête des vaguelettes du fleuve calme frisé par une brise assez forte, mais attiédie.

— Comment t'appelles-tu ?

— André, et vous ?

— Sophie... mais il faut me tutoyer, c'est plus gentil ! Tu veux ?

Il l'avait enveloppée d'un regard débordant de désir et, pour toute réponse, dans une poussée d'audace dont il se serait cru incapable une heure auparavant, lui avait donné sur la gorge un long baiser.

Ils restèrent alors silencieux un long moment, pénétrés de sensations très douces. Puis, Sophie questionna :

— Qu'est-ce que tu fais, toi ?

— Je suis employé.

— Tu gagnes beaucoup ?

— Oh ! non, à peine deux cents francs par mois.

— Pauvre loup !

Ce fut à son tour à lui, d'interroger :

— Et toi, qu'est-ce que tu fais ? Tu vois, je t'ai tutoyée.

Elle éclata de rire pour cacher l'embarras dans lequel venait de la plonger cette question, puis déclara :

— Moi, j'suis mannequin chez un couturier, rue Royale. C'est moi sur qui on essaye les robes pour les faire acheter aux femmes riches qui se fournissent chez mon patron... T'habites seul ?

De la tristesse passa dans le regard d'André.

— Oui, j'habite seul. J'ai perdu mon père il y a dix ans et ma mère au printemps dernier. J'ai une petite chambre à Montmartre, rue de l'Abreuvoir. Je n'y suis pas mal...

Ils continuèrent de se questionner.

Et elle apprit alors qu'il n'avait pas de liaison, qu'il n'en avait jamais eu, qu'il faisait un peu de littérature, adorait la campagne et ne caressait qu'un rêve : avoir une compagne, gentille comme elle, avec laquelle il vivrait simplement dans un logement donnant sur des jardins, autant que possible, de façon à pouvoir, le soir, pendant la belle saison, après sa journée faite, rester de longs instants à rêvasser sous les étoiles, sa petite amie dans les bras. Pour lui, tout le bonheur était là.

Elle l'écoutait, pensive, émue jusqu'à l'âme... Lorsqu'il eut terminé sa confession, elle leva vers lui un regard langoureux et voluptueusement profond, se fit toute petite contre sa poitrine et murmura en fermant les yeux :

— Moi aussi, je fais parfois des rêves comme ça !

Et, dans un complet abandon d'elle-même, elle se sentit envahie, lentement, par une ivresse infinie et multiple.

L'Hirondelle stoppa. Une voix cria : « Meudon » !

Ils se dirigèrent vers la passerelle.

Sur la rive pelée, des cafés et des restaurants alignaient leurs tables couvertes de nappes blanches et des garçons de salles racolaient les passants.

Ils se réfugièrent dans une guinguette, y dînèrent sans appétit, mêlant aux mets frelatés des baisers et des baisers.

Le café pris, ils s'enfuirent vers les bois tout proches et s'engagèrent dans des sentiers à peine frayés pour aller se cacher dans un inextricable fouillis de lianes, de fougères cuivrées et de branches.

Ah ! comme elle glissa dans ses bras et comme elle se donna en l'étreignant sur sa poitrine, affolée par un désir formidable, offrant plus que son corps : son cœur, son âme, dans un rêve, heureuse et fière de s'appartenir — enfin ! — à un homme qui ne la payait pas, dont les caresses lui secouaient délicieusement les chairs et la transportaient de volupté.

Ils restèrent là, une longue heure, confondus et palpitants. Et puis, silencieux et recueillis, se tenant par la taille, ils regagnèrent les bords de la Seine. Les berges et le fleuve étaient couverts d'un léger brouillard blanc qui rampait sur l'eau et se déchirait par plaques, comme un voile de gaze, sous l'action de la brise qui s'élevait fortement.

Ils rentrèrent à Paris et se séparèrent à regret en se jurant de se revoir bientôt. Sophie l'aurait bien entraîné chez elle, mais, n'avait-elle pas laissé supposer qu'elle était ouvrière et demeurait encore chez ses parents ? Force lui fut — bien à contre-cœur — d'être victime de son mensonge, qu'elle ne regrettait point après tout, car elle avait compris qu'il lui valait l'estime et l'amour d'André.

Oh ! la douce, l'étrange et douce aventure ! Sophie s'en sentait comme régénérée.

CHAPITRE II

L'Emprise

Quel supplice ce fut pour elle, le lendemain quand il lui fallut battre l'asphalte des boulevards. Quelle nausée lui montait de la chair à l'âme! Elle n'eut pas le courage de descendre dans Paris et courut retrouver son amant, rue Lepic où il dînait dans le petit restaurant du père la Victoire qu'il lui avait indiqué la veille.

En la voyant arriver, André fut étonné et ravi. Quelle bonne surprise !... Il jubilait. Il appela le garçon de l'établissement, commanda un couvert pour Sophie, exigea qu'on la soignât particulièrement, fit monter une bouteille de vin cacheté. Elle était flattée et heureuse. Elle mangea de bon appétit, étreignant, entre chaque bouchée, la main de son amant dans un geste adorablement câlin. Lorsqu'elle fut au dessert, et après qu'il l'eut interrogée sur l'emploi de sa journée : « au magasin », il lui demanda :

— Et tes parents ?... Ils ont dû être follement inquiets de te voir rentrer si tard cette nuit ?

Elle vida lentement son verre avant de répondre pour se donner le temps de trouver un mensonge.

— Oh ! tu sais, ils sont habitués... C'est le moment des Commissionnaires étrangers, on passe souvent des nuits entières au magasin

Il fit, avec un sourire plein de sous-entendu :

— C'est commode, ça !

— Ainsi ce soir... je me suis arrangée pour être libre...

— Toute la nuit ?

— Si tu es bien sage ?

— Je serai bien sage.

Il lui prit les mains, l'enveloppa d'un long regard chargé de tendresse et de désir, puis, presque dans un souffle, il ajouta : « Je t'aime ! »

— Allons-nous-en !

Sophie se leva d'un bond. L'addition réglée, bras dessus, bras dessous, ils descendirent vers les boulevards extérieurs. Ils n'allaient pas rentrer sans avoir pris leur café, bien sûr. Ils le prendraient chez Wepler. Ils descendirent par la rue de Maistre, vers le pont Caulaincourt. Ils sautillaient en marchant, serrés étroitement l'un contre l'autre. Pour un peu, ils auraient gambadé, chanté, couru. Ils avaient du vif argent dans les jambes. Sur leur passage, les passants se retournaient en souriant comme, par les douces matinées de dimanches de printemps, on aime à se retourner sur des couples jeunes, habillés d'étoffes claires et qui vont, du soleil dans les yeux, vers la banlieue parisienne pour s'y aimer, dans de la lumière, parmi les fleurettes des champs !

Leur café pris, ils remontèrent vers Montmartre et André emmena Sophie rue de l'Abreuvoir. Une fois dans l'étroite pièce coquettement garnie d'un lit en pitchpin, d'une grande armoire anglaise, d'une toilette, d'une table et de quelques chaises, Sophie, au milieu de ce petit intérieur dont les meubles se détachaient sur le papier clair des murs couverts par places d'affiches artistiques et de lithographies anglaises, se sentit très émue. Elle laissait errer sur tout ce qui l'entourait un regard alternativement étonné et admiratif.

— C'est gentil chez toi !

— Tu trouves ?

Il ouvrit la fenêtre.

— Et j'en ai une vue ! tiens, regarde : Tout Paris...

Sophie se pencha dans la nuit de la rue, resta là un instant, puis, elle se jeta au cou de son amant en lui murmurant à l'oreille qu'elle mordilla en tressaillant :

— Oh ! je voudrais rester là, toujours !

Et elle laissa tomber son front sur l'épaule d'André qui la berça en balbutiant des mots très doux : « Mon petit ange, ma chérie... »

Doucement, il l'entraîna vers la cheminée où il avait placé la petite loupe qu'il éteignit d'un souffle. Et il dévora Sophie de baisers. Elle se laissait faire avec volupté, s'abandonnait dans une extase complète. Alors, sans trop de maladresse, il la déshabilla et, tout à coup, elle sentit qu'elle était sa chose et qu'il la prenait mieux et plus complètement encore que la veille. Elle eut, à cet instant, l'impression délicieuse qu'elle se donnait pour la première fois de sa vie tant son amant mettait à la posséder de tendresse attentive et délicate, et tant aussi la sensation qu'elle éprouvait était neuve et charmante.

CHAPITRE III

Sophie en ménage

Au matin, dans les clartés pâles de l'aube, ils s'éveillèrent, enlacés et anéantis, vraiment heureux, d'un bonheur complet et définitif.

Elle se leva, prépara le café au lait, comme si cela eût été sa besogne quotidienne, descendit chercher des petits pains beurrés.

Tandis qu'elle était absente, André se jeta sur la couche encore tiède où flottait le parfum chaud de sa maîtresse et s'y roula, baisant les oreillers, se grisant de souvenirs.

Une heure après, ils déambulaient vers Paris. A la Bourse, ils se quittèrent. « A ce soir. »

Pendant un mois, ils se retrouvèrent chaque jour. Elle allait le chercher à la sortie de son bureau. Se mettre en ménage avec André, peu à peu elle ne rêva plus d'autre chose. Oh ! elle ne serait pas embarrassée pour retrouver une place de mannequin, rue de la Paix ou ailleurs. Elle y avait encore des amies et elle était toujours très bien faite.

Après quelques semaines de liaison, n'y tenant plus, elle proposa à André d'habiter avec lui.

Mais, André, que cela ravit tout de suite, parla néanmoins des difficultés à surmonter. Il y avait d'abord ses parents à elle. Que diraient-ils ? Déjà, ils devaient se douter de quelque chose, car, maintenant, Sophie découchait quatre ou cinq fois la semaine et les commisssionnaires étrangers avaient bon dos !

Sophie resta embarrassée devant l'objection de son amant. Qu'allait-elle lui répondre ? Allait-elle lui dire la vérité tout entière ?

Allait-elle l'initier aux secrets de son existence tourmentée ? Allait-elle avoir le courage de lui confesser sa misère de tous les jours ?

Elle leva vers lui ses yeux subitement mouillés de larmes sincères et se mit à sourire tristement en lui prenant les mains.

André, d'un geste affectueux, l'attira vers lui. Elle se pelotonna dans ses bras, tressaillante et émue. Elle pleura longuement, à petits coups d'abord puis, à gros sanglots, voulant parler mais ne pouvant pas.

André, inquiet, essaya de la consoler avec de petites phrases très tendres, mais sans y réussir. Alors, sans parler, il se contenta de l'asseoir sur ses genoux, de la bercer, comme on berce un petit être éploré et, peu à peu, Sophie s'était calmée, une paix infinie descendait dans son être, elle fermait les yeux à demi, laissant, par instants, s'échapper de sa gorge contractée, de petits cris plaintifs, de longs soupirs aigus.

André, d'une voix qu'il s'ingéniait à rendre très câline et très douce, questionna :

— Mais quel gros chagrin viens-tu d'avoir subitement ?... Hein ?... Pourquoi ton pauvre petit cœur est-il soudain si gros ?... réponds, ma chérie, réponds-moi, tout bas, gentiment, réponds comme tu m'aimes... Tu m'aimes ?

— Oh ! oui, je t'aime.

— Tu m'aimes bien, bien, bien ?...

— Oui, je t'aime bien, bien, bien... Je t'aime !... Je t'aime !...

— Alors, fais ainsi que je te prie... réponds-moi.

Elle baissa la tête et ses larmes jaillirent à nouveau.

André, avec une patience affectueuse, continua de la questionner :

— Tu veux vivre avec moi ?

— Oh ! oui.

— Alors, tu veux te marier ?

— Oh ! Je n'en demande pas tant.

— Pourquoi pas, puisque nous nous aimons ? J'irai voir tes parents. C'est cela que tu veux ? Dis ?... Réponds ?...

Sophie, après avoir poussé un long soupir, répondit :

— J'ai menti.

— Tu as menti ?

— Oui... Je t'ai menti... Je n'ai pas de parents...

— Tu n'as pas de parents ?

— Non, p'tiot, je n'ai pas de parents... maman est morte... Je suis seule, toute seule dans la vie... comme toi... Et je n'ai pas plus de métier que je n'ai de parents.

André eut un haut-le-corps.

Il répéta, en la forçant à le regarder bien en face :

— Tu n'as pas plus de métier que tu n'as de parents ?

— Non.

— Alors, de quoi vis-tu ?

Sophie noya quelques secondes son regard dans celui de son amant, puis, d'un bond, se rejeta sur le lit et y sanglota éperdument.

André, debout, le cœur et l'âme tourmentés subitement par une inquiétude douloureuse et indéfinie, la contempla un court instant, puis, la força à se remettre sur pied, la tint en face lui. Le regard de Sophie fuyait le sien maintenant.

— Sophie, tu me caches quelque chose de très triste. J'en ai le pressentiment... Parle... Parle-moi. Tu en as trop dit pour ne point continuer... Il faut que tu parles... Je veux que tu parles... Tu sais combien je t'aime et comment je t'aime... Tu me dois la vérité... je l'exige...

Elle supplia :

— Ne prends pas la voix méchante...

— Alors, parle.

— Oui, je parlerai... mais pas aujourd'hui...

— Si.

— Non, je t'en supplie, pas aujourd'hui.

— Mais si... Mais si... Allons, viens tout près de moi... viens sur mon cœur...

— Non.

Il n'insista pas.

Il se contenta de laisser errer sur elle un regard interrogatif, douloureux et gênant.

Et soudain, elle s'écria :

— Ah ! et puis tiens, tu as raison, je t'aime trop, ça m'étouffe... Il faut que tu saches...

Elle se laissa tomber, d'un bloc aux genoux de son amant, croisa ses mains sur lesquelles elle appuya, son front brûlant, et d'une traite, elle se confessa, contant ses misères, avouant sa honte, lui jurant qu'elle l'adorait, qu'il en avait fait une autre femme, que maintenant, grâce à lui, elle avait une âme et qu'elle rêvait de redevenir une honnête fille. Elle étendit le bras et déclara solennellement : « Depuis que je t'ai aimé pour la première fois, j'en fais devant Dieu le serment, je t'ai été pieusement fidèle ! Sauve-moi ! »

Elle demeura devant son amant immobile et haletante, le cœur étreint par une folle inquiétude que son regard accusait.

André restait suffoqué par ce qu'il venait d'apprendre, suffoqué et flatté tout à la fois. Une phrase, un aveu de Sophie, bourdonnait à son oreille : « Grâce à toi, j'ai une âme ». Ces choses-là font plaisir à entendre. Et puis, il adorait Sophie.

Sophie était son premier amour.

Il aida sa maîtresse à se mettre debout, lui tamponna les yeux avec son mouchoir, l'embrassa tendrement.

— Ne pleures plus, Sophie.

— Tu ne me chasses pas ?

Il la força à cacher son front dans son épaule. Il la tint là de longs instants puis, déclara un peu sentencieux :

— Ton passé ne me regarde point... Je te suis reconnaissant de m'avoir confessé une aussi douloureuse vérité et je te plains d'avoir tant souffert... Il ne tient qu'à toi que l'avenir soit meilleur. Si tu m'aimes profondément...

— Oh ! oui, je t'aime...

— Tu seras heureuse... et moi, je serai fier de l'avoir aidé à pouvoir marcher dignement vers l'aurore d'une vie nouvelle, honorable et paisible...

— Désormais, je te considérerai comme ma femme... et plus tard, quand j'aurai, à mon bureau, la situation que j'ambitionne, je t'épouserai, si tu en es toujours digne, ce dont je suis convaincu.

Sophie, frénétiquement, jeta ses bras autour du cou de son amant et l'embrassa longuement, pleurant encore, mais de joie très saine, le cœur et l'âme transportés d'allégresse, le corps soudainement engourdi par une torpeur lourde...

Elle s'assit sur les genoux de son amant, s'y fit toute petite et câline et là, bercée par lui, silencieuse et recueillie, elle s'endormit soudain terrassée par la fatigue des larmes.

André la porta sur le lit, s'allongea à côté d'elle, et tandis que la petite reposait, pensa à ce qu'allait être leur vie.

Il était pauvre. Les deux cents francs qu'il gagnait par mois lui suffisaient à peine pour lui seul; maintenant qu'ils allaient être deux à vivre de ces maigres émoluments comment allait-il bien pouvoir y arriver ?

Il resta près d'une heure à compter et recompter, vraiment inquiet par instants, se reprochant de s'être si vite engagé vis-à-vis de Sophie.

La petite s'éveilla. Il lui fit part de ses craintes, de ses scrupules, mais Sophie, dans des baisers, lui prouva qu'ils pouvaient être très heureux. Et puis, elle travaillerait s'il le fallait. Elle n'osa pas parler de ses économies... André accepta. La perspective d'avoir un foyer la comblait d'aise.

Après s'être longuement concertés, ils louèrent un petit logement, avec terrasse, au cinquième étage d'une grande caserne de la rue Caulaincourt, et la vie commença tout de suite délicieuse et simplette. S'ils étaient relativement pauvres d'argent, ils étaient riches d'amour et cela suffisait pour l'instant à leurs cœurs de vingt ans.

Sophie, chaque soir, comme à l'habitude, allait chercher son amant à la sortie de son bureau.

Elle exigeait souvent de lui qu'il la promenât sur les boulevards. Elle choisissait des toilettes sobres pour ces sorties presque quotidiennes. Gentiment, elle s'appuyait à son bras, ayant, de temps en temps, des regard attendris pour l'alliance un peu voyante qu'elle portait depuis sa liaison avec André.

De jouer ainsi à la femme mariée, cela lui paraissait infiniment voluptueux.

qui, à qui aucun de ces détails n'échappait, en... éprouvait... quelque honte.

Il se prenait au sérieux et pour un peu aurait dit à ses amis qu'il avait sauvé une âme.

Chaque dimanche, ils aimaient à fêter l'anniversaire de leur liaison par un petit dîner pris dans une des guinguettes des bords de la Seine ou de la Marne.

En semaine, ils allaient deux ou trois fois au théâtre, à Montmartre ou aux Ternes, et jamais Sophie n'était plus contente que lorsqu'elle avait bien pleuré à un drame de Dennery ou de Sardou.

Ils étaient heureux.

Mais, malgré que Sophie se montrât parcimonieuse et pratique, la vie coûtait cher.

A ne plus vivre au ban de la société, elle épuisait, peu à peu, ses économies.

Après quelques semaines d'un bonheur parfait, semaines vécues dans l'oubli de toutes préoccupations matérielles, Sophie comprit qu'il lui faudrait bientôt entamer ses économies, « l'argent mal gagné ».

Elle déplaça deux ou trois cents francs sans en prévenir André, de crainte qu'il ne se refusât à toucher cet « or ramassé dans la boue ».

Mais André ne tarda pas à se douter de ce qu'elle lui cachait mal.

Elle ne chercha pas à mentir.

André se fâcha tout d'abord :

— Je ne veux pas que tu touches à cet argent-là, je ne le veux pas !...

Elle eut beau le supplier, lui jurer qu'au contraire il lui était très doux de le jeter par les fenêtres, cet or qui lui rappelait le passé.

— Je voudrais n'avoir plus un sou à moi... Cet argent me pèse, laisse-moi le gaspiller... Et s'il nous procure un peu de bonheur, eh bien tant mieux, il me le doit bien, il m'a assez coûté de larmes et de honte.

André ne voulut rien entendre.

— Je vais chercher une meilleure place, je vais chercher aussi des écritures à faire le soir, je pourrai ainsi te faire l'existence meilleure, mais, au nom de l'amour qui nous unit, garde cet argent, n'y touche pas... tu me ferais beaucoup de peine...

Sophie n'insista pas.

— Jure-moi que tu n'y toucheras pas à cet argent ?

— Je te le jure.

Elle tint parole. Mais, ce fut pénible. Ils durent se priver d'un tas de choses. Finies les promenades du dimanche au bord de la Marne, ou les soirées passées au théâtre. Il fallait compter. Elle passait son temps à compter. Le terme mis de côté, il leur restait un peu plus de cinq francs par jour. Quelle misère ? Ils ne parlaient jamais de cela, mais, souvent, ils se surprenaient à réfléchir longuement sans oser agiter une question si pénible. André faisait l'impossible pour arriver à trouver du travail à faire le soir, mais il n'en trouva pas tout de suite.

De son côté, Sophie alla retrouver ses camarades de la rue de la Paix. Ses démarches restèrent infructueuses. Elle se désolait.

Enfin, André fut présenté par un de ses amis à un patron copiste qui lui confia de l'ouvrage.

Après sa journée faite au bureau, et jusque très avant dans la nuit, il restait courbé sous la lampe à noircir du papier à rôles. Il gagnait ainsi deux francs par nuit. Elle, veillait à ses côtés, mais parfois, la fatigue la terrassait et il la retrouvait, à trois heures du matin, affalée dans un fauteuil et dormant.

Alors, très doucement, il l'éveillait, la déshabillait, la couchait comme un enfant, puis, se remettait à l'ouvrage jusqu'au petit jour.

Mais, de travailler ainsi, cela lui causait peu de joie. Il sentait si bien l'insuffisance de son effort. Il se laissait aller souvent à de grands accès de découragement. Leur vie était monotone et misérable. Leur amour se ressentait de cette détresse naissante et qui les fauchait. Ils dormaient côte à côte comme des vieux. Et, sans avoir encore la cruauté de se l'avouer, ils commençaient à regretter de s'être mis en ménage. La gêne est un lourd brouillard qui s'abat sur les couples les mieux unis pour les séparer irrémédiablement. Rien ne résiste à cette brume de la vie, à cette grande dévoreuse d'amour.

Un dimanche de fin juillet, ils eurent leur première querelle, au sujet d'un plat mal accommodé. A la vérité, ce ne fut là qu'un prétexte. La jour à travers les lamelles des jalousies, elle avait pensé, c'est vrai, à une descente de soleil. Comme il serait bon, parti de bon matin, [illegible] banlieue parisienne, s'égarer dans les bois ombreux et déjeuner [illegible] fraîche [illegible] une guinguette, près de longues heures vécues au [illegible] comme il leur arrivait jadis. André avait pensé la même chose, [illegible] avaient murmuré : « Oui, ce serait bon, mais ça nous est défendu, [illegible] fin du mois et nous sommes trop pauvres. »

Sophie, elle, avait ajouté mentalement : « Et dire que j'ai de l'argent qui dort à la Caisse d'Épargne ! »

Alors, au déjeuner, au plus fort de leur querelle, elle avait [illegible] sans en penser un mot :

— Si ça doit continuer, si l'on doit toujours être aussi malheureux tous les deux, il vaut peut-être mieux avoir le courage de se séparer. Tu n'es pas heureux, moi non plus. Et ce serait trop laid de se disputer une seconde fois ainsi que nous venons de le faire. On s'aime trop... On s'est trop aimé pour se faire une peine pareille. Crois-moi, mon grand... La vie ne veut pas qu'on soit heureux, elle ne le voudra peut-être jamais...

André n'avait rien répondu, mais il avait laissé tomber sa tête sur mains et lentement des larmes avaient roulé de ses yeux en même temps que le bruit des sanglots qu'il ne pouvait étouffer venait mourir sur [illegible] lèvres.

Sophie, le voyant si malheureux, s'approcha de lui, pencha sa tête [illegible] la sienne, but les larmes dont elle était la cause et murmura :

— Je t'ai fait de la peine, mon pauvre grand... J'ai été méchante et cruelle... Tu m'en veux ?

Il la repoussa tout doucement en affirmant :

— Non, je ne t'en veux pas... Ce n'est pas ta faute, tout ce qui arrive. Tu l'as dit toi-même tout à l'heure : C'est la vie... Mais c'est bien triste... bien triste...

— Si nous avions eu de quoi aller faire un tour à Meudon ou à Orsay, tout cela ne serait pas arrivé.

— Évidemment.

— Ça ne serait pas arrivé non plus si nous avions été sincères... Ce n'est pas parce que j'ai raté la blanquette que nous nous sommes disputés, c'est parce qu'il fait un temps superbe, que nous ayons pensé aux promenades de jadis, et que nous souffrons de ne pas pouvoir nous aimer [illegible] du soleil, loin de tout ce qui nous rappelle notre misère... N'est-ce pas que j'ai raison ?

— Oui, Sophie.

Elle questionna, maternelle et câline :

— Tu m'aimes toujours ?

— Oui, je t'aime toujours.

— On ne se disputera plus, plus jamais ?

— Non, il ne faut pas.

— C'est trop laid.

Ils s'embrassèrent avec frénésie, longuement.

Puis Sophie, timidement, déclara :

— C'est bien un peu ta faute, vois-tu, tout ce qui arrive.

— Comment ça, ma faute ?

— Mais oui. Si tu voulais, on pourrait y aller à la campagne... Ça me ferait tant plaisir !... J'aime tant ça !... On est si bien dans les bois... On n'est pas obligé de dépenser des mille et des cents... On n'a qu'à aller jusqu'au pont Royal, là, on prendrait le bateau jusqu'à Saint-Cloud, on ferait un tour dans les bois et l'on reviendrait dîner ici. C'est l'affaire de quelques sous... Je serais si contente...

— Eh bien soit, habille-toi mon amour.

— Oh ! merci ! merci !...

Sophie prit à peine le temps d'achever son repas, s'habilla en hâte. Vers deux heures, ils étaient prêts à partir.

André questionna :

— Il te reste un peu d'argent ?

— Sept francs.

— Tant que cela !... Comment se fait-il ? Hier, tu n'avais plus que trois francs et il a fallu acheter le déjeuner...

— J'ai des économies... J'avais mis dix francs de côté pour m'acheter des chapeaux. J'attendrai, voilà tout. Je n'en jouerai pas.

— Car il la traître ce n'est pas...

Sophie ne lui laissa pas achever sa phrase.

— Non, non; je te le jure que c'est ton argent à toi.

— Tu ne mens pas ?

Elle eut un sursaut de colère.

— Non, je ne mens pas... du moment que je te dis : c'est de l'argent à toi, c'est que c'est de l'argent à toi...

— Comme ça, je veux bien sortir.

— Et tu ne sortirais pas si...

— Ah ! non...

— Ça c'est trop fort tout de même.

— Tu as menti tout à l'heure.

— Eh bien oui, là !

Elle courut à la commode, ouvrit un tiroir et, sous une pile de linge, elle prit plusieurs pièces d'or qu'elle jeta sur la table.

— J'ai été à la caisse d'épargne... Je n'en peux plus !...

Elle s'écroula sur une chaise et pleura rageusement.

André vint à elle.

— Ne pleure pas...

— Si, si, laisse-moi... ça me fait du bien.

— Tu es très malheureuse ?

— Oui, très.

André marcha de long en large dans la pièce, tout en marmonnant :

— Tout ce qui arrive est ma faute !... Je n'aurais pas dû céder lorsqu'elle m'a proposé de se mettre en ménage avec moi... Elle est malheureuse à moi, je souffre trop... Oh ! l'argent !... l'argent !...

Il se précipita sur Sophie, la serra sur sa poitrine, à l'étouffer.

— Je l'aime, je l'adore... je ne veux pas que tu pleures... tant pis !... touches-y à cet argent, mais ne pleures plus... ça me fait trop de mal de te voir pleurer. Sèche tes larmes et parlons...

Sophie tamponna ses yeux et dit :

— C'est vrai, c'est bête d'être orgueilleux comme tu es... Après tout, je ne l'ai pas volé cet argent... Il est bien à moi... Et s'il peut nous permettra d'être heureux, eh bien, ce ne sera que justice... J'ai eu assez de mal et de honte à le gagner pour qu'il me procure aujourd'hui un peu de bonheur...

— Oui, oui, tu as raison.

— Si on était marié, tu ne ferais pas tant d'histoires, tu sais, Loulou chéri.

— Oui... oui... tu as raison...

— Et puis zut !... Là !... Laisse-moi donc faire... Pourvu qu'on s'aime et que je sois heureuse... Tu seras heureux aussi.

— Oui.

Elle lui tendit la poignée d'or.

— Tiens, mets ça dans ta poche.

André eut un geste hésitant...

Alors, Sophie fourra les louis dans son gousset, l'embrassa à pleines lèvres et l'entraîna.

Ce fut elle qui ferma la porte à double tour. Lui, machinalement, descendit les cinq étages, bientôt suivi par sa maîtresse qui, sur le palier de l'entresol le rejoignit et quémanda un baiser. André l'étreignit vite, mais sincèrement.

Lorsqu'ils furent dans la rue, Sophie, câline, avec un regard presque canaille, interrogea :

— On prend un fiacre, mon mimi ?

Il haussa les épaules indifférent et découragé.

— Si tu veux, ma chérie.

Elle se suspendit à son bras et dit :

— Tu sais, comme la première fois.

— Si tu veux.

Elle héla un cocher et ce fut elle qui donna l'ordre :

— Au pont Royal... et vite.

André la prit par la taille, lui sourit en se forçant un peu. Elle se frotta contre lui et lui caressa le visage en murmurant : « Mon trésor, va ! » Durant tout le trajet ils restèrent silencieux. Lorsqu'ils arrivèrent au pont Royal, André tendit la main à Sophie pour l'aider à descendre de voiture et paya, non sans gêne. Ils se dirigèrent vers le ponton de l'embarcadère (le [illegible] hirondelle [illegible] dirigea vers l'arrière, se retournant [illegible] compagnant ses sourires de petits mouvements de tête qui voulaient [illegible] « Dépêche-toi, mon chéri ». Lorsqu'ils se furent assis sur le banc encombré de voyageurs, Sophie murmura à l'oreille d'André : « C'est presque aussi joli que la première fois ».

André répondit, avec un soupir et une inflexion d'infinie tristesse dans la voix :

— C'était plus joli...

Sophie, après un silence, questionna :

— Tu ne regretteras pas d'être venu, dis, chéri ?

André affirma que non, qu'il était heureux, très heureux, qu'elle ait eu l'idée de refaire cette promenade. A la station de l'Alma, ils se trouvèrent seuls. Sophie supplia :

— Prends-moi par la taille, laisse-moi mettre ma tête sur ton épaule, comme la première fois.

André ne s'y refusa pas.

Alors, elle balbutia :

— Oh ! c'est bon, c'est bon, vois-tu... Je suis très heureuse... Je voudrais être toute petite, petite, pour pénétrer en toi... Je voudrais être un atôme et que tu me respires...

André la serra très fort contre lui. Comme elle, il ferma les yeux quelques secondes, la chair éveillée de désirs au contact de ce corps qui [illegible]saillait dans ses bras. Le battement de l'hélice les berçait. Sans ouvrir les yeux, Sophie laissa errer sur ses lèvres des paroles vagues, de petits murmures de pamoison.

Soudain, la voix de l'employé les tira de leur rêve : « Meudon ! »

Ils se précipitèrent sur le pont, traversèrent le ponton et, comme revenus à la vie, soupirèrent profondément, se prirent par le bras et suivirent un instant la berge.

Désignant gaminement du doigt une guinguette sur la terrasse de laquelle une foule bruyante s'entassait, gueulant des refrains de faubourg ou dansant au son d'un orgue électrique, Sophie rappela, avec un regard attendri pour son amant :

— C'est là que nous avons dîné la première fois.

Il fit oui de la tête et proposa :

— Si nous prenions à gauche.

Mais elle s'y refusa net. Elle était venue là avec un but bien déterminé. André, docile, n'insista pas. Ils se dirigèrent vers les hauteurs boisées et cherchèrent un sous-bois désert. Ils marchèrent longtemps, en silence, suivis par des bruits joyeux qui mouraient lentement derrière eux, [illegible] et à mesure qu'ils s'enfonçaient sous les ramées.

Sans qu'ils en aient la volonté, leur marche à travers les futaies devenait plus lente. Ils se sentaient peu à peu envahis par un sentiment de calme volupté. Rien n'existait plus pour eux de ce qui, une heure auparavant, leur avait été une cause de colère et de douleur. Paris était très loin, tout était très loin. Ils marchaient au cœur de cette contrée sans nom, que parcourent les gens qui s'aiment chaque fois qu'ils s'égarent volontairement loin des bruits humains pour mieux tressaillir d'amour.

Sophie proposa :

— Si nous nous reposions un peu ?

André accepta.

Ils se laissèrent choir dans les hautes herbes dorées au milieu desquelles çà et là, s'épanouissaient des grappes de bruyère rose, abritées sous les parasols des fougères déjà cuivrées par places.

Enlacés, perdus de béatitude, le regard dans les trouées lumineuses des branchages qui, au-dessus de leurs têtes, étendaient leurs longs bras tourmentés, ils s'avouèrent leur plaisir de se retrouver là.

Leurs lèvres s'unirent lentement et, dans le silence à peine troublé par le pépiement des oiseaux alourdis de chaleur, ils finirent par se prendre dans un apaisement de tout leur être.

Sur le chemin du retour, Sophie s'aventurait, en gambadant comme un cabri, sous les frondaisons touffues pour cueillir des fleurettes sauvages dont elle faisait de gros bouquets. André, lui, au milieu du chemin étroit, la contemplait, et son regard, à la trop détailler, se teintait, tour à tour, de profonde mélancolie et de tristesse.

Sophie n'était plus l'élégante petite créature des premiers temps de leurs amours.

Vêtue d'une petite robe de percale, la taille emprisonnée dans une ceinture qui lui grossier, le front abrité par un petit panama défraîchi, les pieds chaussés de lourds souliers, la jambe trahie par d'épais bas noirs, elle portait malheureux et son visage qu'auréolaient ses beaux cheveux, jurait dans ce cadre à bon marché, André ressentit un pincement au cœur. Il comprit combien Sophie devait souffrir devant son miroir et quel supplice ce devait être pour ce joli bibelot parisien d'être privé du seul décor qui soit digne d'elle. Il eut une courte crise d'attendrissement et de désespoir qui lui valut un sanglot sec et que suivit un accès de colère et de révolte. Il se jura solennellement de lutter désespérément pour arriver, rapidement, à se faire une situation meilleure.

— Il faut que je gagne de l'argent... il faut qu'elle soit heureuse.

Et comme Sophie revenait en courant vers lui, les bras chargés de fleurs et d'herbes sèches, il l'attira frénétiquement sur sa poitrine.

Puis ils reprirent le chemin de Saint-Cloud.

Ce fut lui qui proposa :

— Après une aussi bonne journée, on ne va pas rentrer dîner à Paris, n'est-ce pas, ma chérie...

Elle sautilla de joie et offrit ses lèvres en avouant :

— Oh ! Je n'osais pas te le demander... Mais tu ne te doutes pas du bonheur que tu me causes... Oh ! oui, dînons ici... tiens, au bord de la Seine.

— Où tu voudras.

— On rentrera par le bateau ?

— Oui, ma chérie.

— On prendra le dernier... comme ça nous éviterons la foule et on se mettra à l'arrière, comme cet après-midi... Et dans la nuit, de l'eau on tâchera d'être très heureux... comme la première fois.

— Oui, mon amour.

Ils arrivèrent à Saint-Cloud comme le soleil, déjà bas à l'horizon, versait sur le fleuve et le faîte des arbres une pluie de flammes. Il était sept heures. Après avoir longuement cherché un petit restaurant déserté par la foule des promeneurs attardés, ils finirent par échouer dans une modeste guinguette. Sous la tonnelle choisie, et pendant que le garçon s'absentait pour aller chercher les objets du couvert, ils s'enlaçaient rapidement. Sophie fit le menu : un peu de viande froide, une salade de romaine, du fromage, des gâteaux.

— Vous apporterez tout en même temps, fit Sophie.

Les mets servis, ils grignotaient, arrosant chaque bouchée d'un baiser. Puis, le café pris, ils attendirent l'heure du départ en bavardant gentiment, en se lutinant, « comme la première fois. »

Sur le banc de « l'hirondelle » qui les ramenait vers Paris, André, sans effort, dit à Sophie :

— En ce qui concerne tes économies, tu feras comme bon te semblera. Je veux que tu sois heureuse...

Dès le lundi matin, Sophie se rendit à la Caisse d'Épargne et en retira trois cents francs.

Comme André l'y avait autorisée, elle passa à la Samaritaine. Et l'acquisition d'une robe à la mode, de bas et de linge fins, d'un chapeau, de souliers vernis. Elle allait fiévreuse, d'un rayon à l'autre. Lorsqu'elle fut satisfaite, elle pensa à André : elle lui acheta un peu de linge, des cravates et lui choisit un complet de flanelle bleue rayée blanc. Elle n'aurait pas trouvé juste d'être seule à goûter à la joie d'être à nouveau élégante. Elle emporta le tout, prit une voiture et se fit conduire en hâte rue Caulaincourt. Là, avec une joie gamine, elle étala ses emplettes sur le lit, bien en évidence, courut chercher ses provisions pour le dîner et, de retour dans son petit logement, attendit avec impatience la rentrée d'André.

Lorsqu'elle l'entendit qui mettait la clé dans la serrure, elle courut à sa rencontre, se suspendit à ses épaules, l'embrassa vingt fois et l'entraîna vers leur chambre ; prenant une attitude de triomphateur, elle lui montra les choses neuves et s'écria :

— Regarde, mamour, comme on va être beaux.

André détailla les objets, mais, quand il vit qu'elle avait pensé à lui, il ne put se défendre d'une certaine et tenante ambition.

Tout ce que tu as acheté pour moi, c'est joli... J'ai eu tort... et tu as raison.

— Tu es fou là. Avec une robe pareille, tu voudrais que je te laisse...

— Mais oui, tu as eu tort, ma chérie.

Le visage de Sophie se couvrit d'un masque de très profonde tristesse, et elle dit :

— Oh ! je sais bien pourquoi tu me fais ce reproche-là, va... mais ça m'a fait tant plaisir... J'étais si heureuse en l'achetant tout cela... Ne me gâte pas mon bonheur, dis ?... Ne fais pas le méchant... Sois raisonnable pour l'amour de moi ?

Elle avait l'air si sincèrement malheureuse de son refus qu'il n'insista pas pour refuser les cadeaux de Sophie.

— Soit... gardons le tout.

— Oh ! Merci !... Essaye le complet tout de suite.

André fit ainsi qu'elle l'en priait.

— Mais ça te va très bien... ce que j'ai eu l'œil, hein ?

— Oui.

— C'est très distingué, n'est-ce pas ?

— Très.

— Alors tu es content ?

— Oui...

Et de fait, André se tournait et se retournait devant la glace, se détaillant avec complaisance, cambrant la taille. Et il se laissa aller à dire dans un oubli complet de ses scrupules :

— Par exemple, ce sont les bottines et le chapeau qui ne vont guère avec le reste, tu ne crois pas ?

Sophie, dans une intention de délicatesse bien féminine dont il lui fut très reconnaissant, répondit :

— Tu toucheras tes appointements après-demain, tu t'achèteras tout ce qui te manque...

A partir de ce jour-là, André et Sophie reprirent leur vie calme de jadis.

Ils connurent à nouveau la joie de s'aimer paisiblement.

Près d'un an s'écoula ainsi.

Puis, un jour, Sophie fut à nouveau tourmentée par la crainte de revivre de mauvais jours. Ses économies s'épuisaient. André avait été augmenté de dix francs par mois à son bureau et le soir travaillait toujours pour son compte. Mais cela ne suffisait pas. Sophie, chaque mois, était obligée d'ajouter une centaine de francs, pour le moins, à leur budget. Comment feraient-ils lorsque son livret serait soldé ? Elle cachait la vérité à André qui s'inquiétait parfois.

Elle se préoccupa à temps de trouver une place.

Elle chercha, consciencieusement, mais ce n'était pas commode. Elle avait maintenant quitté depuis trop longtemps les ateliers de couture. On ne la connaissait plus.

Elle parcourait avec soin la cinquième page des journaux où figurent les offres et demandes d'emploi. Elle arrivait toujours trop tard aux lieux indiqués.

Les places étaient prises d'assaut.

Elle fit de longues stations devant les tableaux qui se trouvent à la porte des mairies, ou à la Bourse du travail.

Elle se rencontrait là avec de pauvres filles, crevant de faim, à peine vêtues de lamentables robes usagées et qui, après avoir traîné dans les rues, le ventre creux, finissent par se prostituer pour quelques francs. Elle les entendait conter leurs misères et cela lui arrachait le cœur, lui rappelait le temps lointain où elle aussi se louait à des hommes. Il lui dérobait voir arriver à gagner honorablement sa vie. Autour de ce bal, on de leur presse, elle voyait rôder des types louches qui accostaient les malheureuses, discutaient tout d'abord avec elles, puis les emmenaient lentement vers un traiteur où la conversation s'engageait sur une pente qui les conduisait au ruisseau ou à la maison close. Un jour même, il lui arriva d'être ainsi accostée. Mais elle se rebiffa, retrouva son vocabulaire de jadis, pour remettre brutalement l'homme à sa place et qui s'éloigna en maugréant : « Tu viendras bien comme les autres, et plus vite, parce que tu es jolie ».

A force de persévérance, elle trouva à travailler. Mais quoi ? Des travaux durs, longs, payés de façon dérisoire.

En peinant douze ou quinze heures par jour, elle arrivait à gagner deux francs.

Elle se désolait. André se désolait aussi. Il avait même par instants de tels moments de découragement qu'il songeait à se tuer, mais le courage, à l'entendre, lui manquait. Sophie le réconfortait de toute la force de son amour. Rien ne l'inquiétait trop puisqu'ils s'aimaient toujours.

Elle traîna un an cette existence de mercenaire, exploitée par des entrepreneuses. Puis, brusquement, une lassitude incombattable la faucha. Elle resta tout un jour à pleurer devant sa machine à coudre silencieuse. Et pendant cette crise, la première et la plus grave, elle fut assiégée, littéralement, par une obsession démoralisante.

Elle se souvint que deux ans à peine la séparaient du temps où elle gagnait bien sa vie, à vendre de l'amour, faisait des économies et ne pleurait jamais.

Elle frissonna jusqu'à l'âme, car elle venait de se laisser aller à murmurer : « C'était le bon temps ! »

Elle se leva d'un bloc, les yeux soudainement secs et, serrant les poings, cria :

— Non ! non ! je ne veux pas !... Je ne pourrais pas d'abord...

Elle se jeta sur le portrait d'André et l'embrassa longuement en ajoutant :

— Et puis je l'aime trop, celui-là !

Elle essaya de travailler, mais en vain. Alors, elle s'habilla et sortit sans but, rien que pour fuir cette atmosphère familière et au milieu de laquelle l'accablaient d'aussi malsaines pensées.

Dans les rues elle errait sans but.

Elle descendit ainsi jusqu'aux grands boulevards.

Là, un homme l'accosta, sans grossièreté.

Elle le regarda fixement quelques secondes, puis elle s'enfuit.

Elle alla chercher André à son bureau. Lorsqu'elle se sentit près de lui, elle se trouva plus forte.

Elle expliqua à son amant qu'elle avait été un peu souffrante et qu'elle avait renoncé à travailler.

La nuit qui suivit ce jour tourmenté, elle se donna à André avec une frénésie inaccoutumée.

La journée du lendemain fut un nouveau supplice pour elle.

Sans courage, elle s'installa devant sa machine. Mais, elle s'arrêtait soudain de piquer et une voix intérieure lui soufflait : « Tu gagnais de l'or jadis !... va !... va !... Pourvu que ton amant n'en sache rien !... »

C'était à chaque minute, comme une invite à sombrer.

Elle hésita encore quelques semaines, et puis, un soir qu'elle revenait sans ouvrage, de chez son entrepreneuse, ses bonnes intentions, aux prises avec les difficultés et les nécessités de l'existence, firent des concessions...

CHAPITRE IV

La fin d'un beau rêve

Ce soir-là, lorsqu'elle fut en présence d'André et qu'il la baisa sur les lèvres, elle pâlit affreusement et détourna la tête. Une crise de larmes la secoua jusqu'aux sources les plus profondes de son être ; les larmes creusaient, dans la poudre recouvrant son visage, de larges ornières qui, jointes à la bouffissure des yeux, faisaient à ses pauvres traits bouleversés un masque de douleur tragique.

André, intrigué, l'interrogea en vain. Elle ne savait que bégayer entre deux sanglots :

— Mon p'tiot, laisse-moi, laisse-moi, ce sont les nerfs !

Brisée, anesthésiée par sa douleur, les paupières lourdes, elle se coucha sans dîner, pleura longtemps encore et finit par s'endormir, tandis qu'André, à sa table, sous la lampe, l'esprit inquiet, s'efforçait à gagner de quoi la garder loin du vice auquel il l'avait arrachée.

Souvent André avait interrogé Sophie sur les motifs qui rendaient bien sa déspoir, mais jamais elle ne put lui dire rien contenus. Se contentant qu'il lui en parlait de l'affoler de caresses et de baisers.

De jour en jour, un bien-être réel succédait aux quelques mois de gêne qu'ils venaient de traverser. André avait coupé dans la patronne consciencieuse dont Sophie lui avait parlé. Sophie, maintenant, lui mentait à propos de tout. Elle sortait trois fois la semaine pour aller reporter son ouvrage et revenait très tard parfois, lasse, les yeux perdus dans un cercle de bistre, et ces soirs-là, elle refusait obstinément les caresses de son amant. Il en prit peu à peu de l'ombrage; un soupçon, vague encore, le harcela. Un jour, il alla pour la chercher chez sa patronne, elle y était bien passée, mais il y avait trois heures de cela. Quand elle rentra et, comme il l'interrogeait avec une insistance gênante, elle avoua avoir rencontré une ancienne « copine » au bras de son « ami » et s'être attardée au café avec elle.

Sans qu'il sût exactement pourquoi, cela lui parut étrange. Il en l'im-

Il la força à cacher son front dans son épaule.

pression très nette qu'elle venait de mentir. Mais il n'en fit rien paraître et se promit de surveiller sa maîtresse. Il commença, non sans fièvre et appréhension, sa petite enquête, torture par une jalousie naissante.

Au retour de son bureau, il passait son temps à entrer chez des commerçants pour s'informer du prix d'objets semblables à ceux que rapportait Sophie — bibelots, dentelles, fanfreluches. Il sortait de là, le cœur serré. Sophie lui mentait et dépensait à l'achat de ces brimborions dix fois plus qu'elle n'accusait. Où se procurait-elle l'argent ?

Un doute atroce lui vint à l'esprit. Il se rappela ce qu'avait été Sophie avant qu'il ne la rencontrât. A la pensée que sa maîtresse pouvait à nouveau trafiquer de son corps pour un peu d'or, il souffrit le martyre. « Oh ! non, elle ne ferait pas cela ! » Il se reprocha même d'avoir eu, ne fût-ce qu'une seconde, un pareil soupçon. La vérité devait être plus favorable à Sophie. Il murmura :

« Sophie devait avoir de sérieuses économies à la Caisse d'épargne et elle n'a pas dit la vérité le jour où elle m'a avoué qu'elle ne possédait plus grand'chose. »

Mais, d'avoir songé à la Caisse d'épargne, il éprouva tout de suite la tentation, puis le besoin impérieux de consulter le livret de dépôt.

Où était-il ce livret ? Où était-il ?

Machinalement, il fouilla, feuilleta, parcourut pour découvrir le petit livre, et le découvre. S'il murmure... lorsqu'il le tira du fond d'une grande malle. Il eut un instant l'idée de le replacer où il l'avait trouvé, songeant qu'il était de commettre là un acte inquisitorial, mais sa curiosité douloureuse eut raison de ses scrupules et, lorsqu'il eut jeté un regard sur les derniers feuillets, il resta soudainement atterré, anéanti devant la déconcertante éloquence des dates et des chiffres des versements, presque quotidiens.

— Le 6, vingt francs; le 7, quarante; le 9, quinze; le 13, soixante-dix...

Le livret glissa entre ses doigts et, d'un bloc, il s'affaissa sur une chaise, se sentant pris d'un subtil renoncement de pensée, écroulé dans le boulement de cette découverte. Et puis, peu à peu, il revint à la réalité.

Sophie se prostituait.

La prostitution seule pouvait lui permettre une telle et régulière suite d'... Ainsi...

Elle se prostituait comme jadis ! Alors, il pleura, sanglota éperdument.

Une rage folle, un délire de colère succéda à sa crise de larmes.

— Oh ! la misérable ! la misérable !

Elle lui faisait manger du pain de prostituée !... Il avait dans sa poche de l'argent gagné par cette fille, par cette « salope ».

Il s'en prit au lit, qu'il démonte, presque à coups de talon; il s'en prit à cette couche dans les draps de laquelle, la veille encore, il s'était commis avec cette « putain ».

Quel rôle dégradant lui faisait-elle jouer ?

Amant de cœur ? Souteneur ? lui ! lui qui passait des nuits à gagner de quoi lui rendre la vie moins pénible, lui qui se privait chaque jour de déjeuner, le pauvre diable, pour augmenter le bien-être de cette gueuse !

Il se jeta sur le lit, soudainement exécré, cacha son front dans l'oreiller et son corps roula de gauche à droite, d'un mouvement continu. André berçait sa douleur, en hoquetant !

— Que faire ? que faire ?

Quitter Sophie ? Mais rien qu'à la pensée d'agir ainsi, tout son être tressaillait, sa chair en lutte avec sa conscience se révoltait. Cette femme avec qui il avait connu les plus affolantes, les plus délicieuses caresses, cette femme, il l'avait dans le sang, dans les moelles. Sans elle, la vie lui paraissait impossible.

Alors ? accepter ses mensonges, tolérer sa prostitution, en vivre ?

Non, ça, à aucun prix.

Fuir, alors, ce petit logement, où elle était venue apporter la lumière, la joie, le soleil, l'amour, où il avait vécu tant d'heures voluptueuses, tant de nuits trop brèves ?

S'exiler dans une chambre d'hôtel, dans la nuit d'une solitude horrirable ?

Les pensées, les projets se heurtaient dans son cerveau, frappaient de grands coups sourds sous son crâne et lui arrachaient de petits cris d'angoisse et des gémissements.

Il ferma les yeux, l'âme en peine, plongé dans une torpeur qui dura longtemps et de laquelle le tira le retour de Sophie.

À son entrée, il se dressa muet, l'œil mauvais, les lèvres tremblantes.

Elle, en le voyant ainsi, s'était arrêtée net, sur le seuil de la porte, l'air inquiet, subitement angoissée par un pressentiment vague.

Ils restaient face à face, le regard dans le regard, comme deux ennemis prêts à foncer l'un sur l'autre.

Elle reprit contenance la première et questionna :

— Qu'y a-t-il, André ? Tu... Tu es souffrant ?...

Alors, en se laissant lentement glisser à bas du lit, il bégaya :

— Gueuse !... Gue... Gueuse !

Puis, soudain, il bondit sur elle, en mâchonnant cent fois la même insulte, lui arracha son réticule, fouilla, en tira la bourse, l'ouvrit et jeta son contenu — trois pièces d'or — sur le plancher.

Elle eut un tressaillement d'agonie et recula d'un pas, ayant nettement conscience de n'être plus maîtresse de son secret.

— Qu'est-ce que c'est que ça ? ça ? ça ?

Et il répétait : ça ? ça ? ça ? en crispant les poings, livide. Sophie n'avait pas la force de répondre. Alors, il s'approcha d'elle, le cou tendu, les coudes en arrière, comme prêt à bondir, et leurs haleines se confondant, lui souffla en plein visage les mots les plus injurieux.

— Et, dans un détente subite de tout son être, il la saisit, la culbuta sur le lit, la battit, frappant aveuglément, arrachant tout — robe et linge — se livrant sur cette créature sans défense à des actes de violence sauvage et ne s'arrêtant que lorsque les forces lui manquèrent.

Alors, Sophie, meurtrie, s'écroula à ses pieds, et, les mains jointes, les traits convulsés et ruisselants de larmes, elle balbutia :

— Pardon ! Pardon !

Il la repoussa du pied, mais elle s'agrippa à lui, suppliante, insensible aux coups, convenant de sa faute, s'insultant.

— Oui, j'ai fait cela pour nous éviter la misère, mais je t'aime !

— Tais-toi !

— Je l'adore ! Tue-moi, si tu veux, mais je t'aime ! Je t'aime ! Tue-moi donc ! que ce soit fini. Je t'aime ! Je t'aime !

Elle ne savait que clamer ces deux mots. Elle n'en trouvait plus d'autres, n'en cherchait point de reste.

Et, entre chaque exclamation, entre chaque aveu, entre chaque appel à la pitié de son amant, sa bouche, comme purifiée par les mots qui l'effleuraient, quémandait une aumône.

D'une dernière bourrade, André l'envoya loin de lui et s'enfuit.

Sophie se leva d'un bond, courut à la porte, l'ouvrit, s'élança dans l'escalier, grotesque, son chapeau ballotant sur son dos, son corsage déchiré laissant apercevoir les seins violets d'ecchymoses et de coups, les jambes seulement couvertes par des lambeaux de batiste, un bas en tire-bouchon sur la bottine.

Mais André était déjà loin.

Alors, la pauvre fille, après un dernier appel, s'écroula devant la loge de la concierge qui poussa un grand cri de terreur et de pitié en apercevant cette loque humaine qui lui tendait les bras comme un enfant, implorant du secours...

— André ! rendez-moi mon amant !

Elle râla, puis s'évanouit.

Le charbonnier, dont la boutique était attenante à la maison, aidé par un garçon épicier, remontèrent au cinquième ce corps inanimé et presque nu et le jetèrent sur le lit en fouillis.

La concierge, essoufflée, arriva.

Ils descendirent à leurs boutiques.

La brave femme débarrassa Sophie des débris de vêtements qui s'enroulaient autour d'elle, la frictionna, la coucha et lui fit respirer du vinaigre qu'une voisine apporta.

— Mais, qu'est-ce qui s'est passé ?

— Est-ce qu'on sait ? C'est lui en tout cas qui l'a mise dans cet état-là.

— Ils avaient l'air de tant s'aimer.

— Il aura voulu lui prendre son argent.

— Oh ! ces hommes ! Du reste, il avait une sale tête, celui-là.

Sophie rouvrit les yeux, regarda autour d'elle hébétée... murmurant des mots inintelligibles.

— Il faut appeler un docteur.

— J'y vas.

Quand le soir, vers dix heures, le médecin arriva, il déclara :

— Méningite ! c'est grave ! a-t-elle de l'argent ?

— Pas beaucoup.

— Alors, l'hôpital. Je vais vous donner un mot.

Le lendemain matin, une ambulance emportait Sophie à la Pitié.

CHAPITRE V

Vers l'oubli du passé

Trois mois d'hôpital. Le corps brisé, les chairs anémiées, la tête affreusement vide, l'esprit à la dérive, Sophie, au fur et à mesure que les forces lui revenaient, revivait dans tous ses détails le drame qui l'avait clouée là.

Les premiers jours, elle crut que sa vie était finie et puis, peu à peu, sa détresse s'atténua, ses vingt ans triomphèrent de sa grande douleur et lui rendirent du courage.

Sa concierge venait régulièrement la voir le jeudi de chaque semaine et lui apportait des oranges ou de petits gâteaux secs.

Un jour, lorsqu'elle entra en convalescence, Sophie la questionna sur ce qui s'était passé après son départ.

La brave femme lui apprit que son amant avait fait prendre ses hardes par un commissionnaire. Il n'était jamais revenu et ne reviendrait certainement jamais.

— Pour vous, franchement, ça vaut mieux comme ça... Mais quelle idée aussi vous avez toutes d'entretenir des hommes !

Quand elle se trouva seule, Sophie se pelotonna dans son lit et, les yeux clos, revécut son calvaire.

Elle pensa : « Après tout, c'est parce que je l'aimais que je me suis remise à faire le métier... Il n'a pas su le comprendre et m'a fait mal au corps, au cœur, il a tout tué en moi... Il est mort pour moi... Et je ne veux plus penser à lui, ça m'empêcherait de vivre. »

Quand sa concierge revint la semaine suivante, elle donna congé de son petit logement et exigea que ses meubles fussent vendus.

Un matin, sonna, pour elle, l'heure du départ de l'asile bienfaisant où l'Assistance publique lui avait permis un retour à la vie qui la jetait dans un trouble profond.

Son baluchon sous le bras, elle franchit le seuil de la maison de convalescence de Brévannes et erra, toute une matinée, dans les rues du petit village, d'abord dans les allées de la forêt de Gros-Bois ensuite, sans but, l'âme en peine.

Arrivée à un carrefour, une éclaircie lui découvrit l'horizon immense au fond duquel la Tour Eiffel et le Sacré-Cœur semblaient trouer le ciel.

Paris s'étalait tout là-bas, confusément, sous une vapeur grise de chaleur et de poussière. Paris !

Elle fut secouée par un frisson.

Allait-elle y retourner dans ce Paris ? Et qu'y faire ? Y traîner sa chair à vendre ? Elle eut une subite crise de larmes. Elle pleurait sans cause bien définie parce qu'elle était anéantie, déjà lasse de souffrir ; elle pleurait parce qu'elle était misérable, et elle gisait là écroulée, vidée de toute pensée et de toute volonté. Et puis, lentement, ses larmes se tarirent. Elle se mit debout, ramassa son paquet de hardes et marcha toujours sans but.

Soudain, elle se rappela ce que sa mère lui avait conseillé à son lit de mort : « Si jamais, dans la vie, t'as par trop de misère, t'auras qu'à aller à Vezelles... » Elle avait un père là-bas, et la mourante lui avait certifié qu'elle serait bien reçue à la ferme de Lacogne.

Elle pensa : « Qu'est-ce que je vais faire ? Rentrer à Paris, y souffrir sans doute ? Allons à Vezelles, j'y serai peut-être heureuse. À la gare de Limeil elle prit son billet pour le petit village lointain où sa mère avait vécu ses meilleures années.

Le soir, vers huit heures, à l'heure très douce où le soleil comme à regret disparaît à l'horizon, elle débarqua à Vezelles, s'enquit de la demeure de Lacogne et, quelques minutes après, franchissait le seuil de la ferme paternelle et priait une servante d'aller prévenir le maître qu'une jeune dame de Paris voulait lui parler.

La paysanne traversa la grande cour, pénétra dans un long bâtiment et revint, quelques secondes après, avertir Sophie que le maître allait venir tout de suite.

Bientôt, en effet, un homme de haute taille, portant cinquante ans, le torse moulé dans un maillot de laine, les jambes à l'aise dans une cotte grise et les pieds chaussés de gros sabots, vint à elle la face barrée par un sourire, l'œil bon, et s'informa de ce qu'elle désirait. Alors, elle se nomma et expliqua le but de sa visite.

— C'est toi, Sophie Tuvache ?

— Oui c'est moi.

Lacogne laissa tomber ses grosses mains sur les épaules frêles de Sophie, la retourna, face au soleil couchant, son regard fouillant de bien souvenir, puis, après un gros baiser, donné sur chaque joue, il dit :

— Ta mère est la seule femme que j'aie jamais aimée. T'es ici chez toi, petite. Embrasse-moi.

Sophie se jeta dans les bras du vieux et, le cœur énorme dans sa poitrine haletante, elle pleura de bonheur ; et le vieux comprit, puisqu'il la berça quelques minutes en murmurant :

— T'as donc bien souffert, Rosseline, que d'savoir que le toit d'ici t'appartient quasiment, ça te cause tant de grosses larmes ?

— Oh ! oui, j'ai bien souffert depuis que maman est morte !

Le fermier affirma :

— Ici, y a du bonheur pour tout le monde. Sèche tes yeux et viens-t'en avec moi.

Il l'emmena vers la salle basse où grouillait le personnel de la ferme attendant le patron pour attaquer la bonne soupe fumant dans les assiettes.

— Hé ! les gars, v'là de la compagnie de plus.

Tous jetèrent à Sophie un regard bienveillant.

— Et maintenant, la soupe !

Lacogne installa Sophie à côté de lui en lui disant tout bas :

— Mange d'abord, tu me conteras ton histoire ensuite.

Sophie dévora. Le souper terminé, tandis qu'on lui préparait sa chambre, elle conta toute sa misère et balbutia à la fin de son récit :

— Je suis venue ici pour être autre chose qu'une bonne à rien... Et maintenant, faites de moi ce que vous voudrez.

— Lacogne, pour toute réponse, la serra à nouveau sur sa large poitrine. Puis, il lui dit :

— Si t'as souffert tout, tout ça, c'est ben un peu beaucoup parce que je t'ai faite à ta mère et je n'ai rien à te reprocher que de n'être pas venue plus tôt frapper à ma porte. A partir de ce jour, t'es tout à fait ma fille... seulement... faut pas le dire, tout de suite, aux autres de la ferme, parce que je sens bien que je vais te préférer à ceux et celles qui m'entourent... Plus tard, on leur dira la vérité ! Pour l'instant, t'es une parente... une nièce, si tu veux bien. Ça t'es égal pas vrai ?

— Oh ! oui !

Après une pause, il confirma, une larme au coin de l'œil :

— Je l'aimais ben ta mère, tu sais. C'était une bonne et franche créature... la seule que j'aie aimée vraiment... Et là-dessus tu vas aller dormir... Et demain, tu commenceras à refaire ta santé... Après, on voira !..

Un dernier baiser et ils se quittèrent.

Dans sa chambre, sommairement meublée d'un grand lit, d'une commode, d'une petite table en acajou, d'un fauteuil et d'une chaise, Sophie se sentit très à l'aise. La vue de ces objets qui, tout de suite, lui furent familiers, lui procura une sensation de bien-être infini.

Elle aperçut, au chevet de son lit, un petit christ d'ivoire, le contempla longuement et, dans un élan de foi subite, joignit les mains, s'agenouilla et fit une prière.

Ayant rangé ses hardes dans un des tiroirs de la commode, elle vint à la fenêtre qu'elle ouvrit toute grande et resta là, les yeux dans la nuit des champs immenses sur lesquels la lune laissait traîner sa lumière blafarde, sans penser, l'âme au repos, gagnée peu à peu par un sentiment de volupté indéfinie.

L'horloge de l'Eglise voisine, sonnant neuf heures, la tira de sa torpeur si douce ; elle se coucha.

Et, quand elle se pelotonna dans le grand lit, profond et moelleux, la bougie soufflée, le regard perdu dans le ciel calme et piqué de milliers d'étoiles, elle poussa un profond, un très profond soupir de bien-être.

A l'aurore de l'existence nouvelle qui s'offrait à elle, douce et belle comme en un rêve, elle venait, dans un souffle éloquent comme un râle, de mourir sa vie d'hier, lamentable et honteuse.

CHAPITRE VI

Vertige

Dans le pays où Sophie était venue s'échouer on l'avait surnommée « La Périgote », mais sans mauvaise gouaillerie et sans basse jalousie, car elle avait su conquérir, dès les premiers temps de son séjour à Vézelles, toutes les sympathies. Elle était bienveillante et simple, adorait les enfants et bavardait volontiers, des heures durant, avec les anciens du pays, après le souper du soir.

Elle s'était tout de suite trouvée très à l'aise à la ferme, où la vie coulait paisible et simple.

Quand tout le monde était parti pour les champs, elle aimait à par courir ces vastes salles basses, aux murs noircis, sur lesquels éclataient les cuivres; aux plafonds encombrés de paquets de haricots et d'oignons. Elle éprouvait un plaisir infini à s'isoler dans ces grandes pièces baignées d'ardente lumière et dont le silence était à peine troublé par le bourdonnement des mouches et le tic-tac grave et lent du balancier d'une vieille horloge.

Elle ne pouvait s'empêcher, à de certains moments de pousser de longs soupirs d'aise et elle s'abandonnait volontiers à cette volupté indéfinie qui nous gonfle le cœur, qui nous grise à de certaines minutes de la vie.

Elle se trouvait absolument faite pour cette vie rustique et s'emportait contre la Providence qui ne lui en avait pas laissé plus tôt goûter la béatitude.

Lacogne était fier d'elle.

Cette belle fille d'aujourd'hui, qui lui était arrivée de Paris, souffrante et frêle, lui faisait honneur.

Et puis, c'était sa bonne action.

— Une nièce à moi, qui m'est revenue ben malade et que j'ons ben soignée !

Il la trimbalait d'auberge en auberge, de porte en porte, la montrant, la détaillant : « Regardez-moi c'te taille et puis ces yeux et puis tout ! ça a du sang, du jarret et du cœur ! C'est tout moi, quoi ! » Et il se rengorgeait, en disant cela, se dandinait, faisait sa bouche en cul de poule, pour sussurer un gloussement de satisfaction.

Sophie, en trois semaines, avait retrouvé sa belle mine de jadis. Le grand air, le soleil, les bons œufs et le bon lait avaient hâté sa convalescence. Tout ce qu'elle possédait dans les veines de sang paysan, bouillonna et elle éprouva l'ardent besoin de dépenser ses forces quotidiennement accumulées.

La mi-juillet arriva. Elle aida les gens de la ferme à la moisson, pour se « refaire tout à fait la santé ». Le docteur l'avait conseillé. A pointe d'aube, elle partait avec tout le monde, dévorant à belles dents sa miche de pain noir garni d'une tranche de lard.

La tête protégée par un large mouchoir bariolé de rouge et de mauve, les seins en liberté dans un caraco de toile bise, la taille à l'aise, un jupon court flottant sur ses jambes vigoureuses, les pieds chaussés de brodequins larges, elle allait dans la lumière et le soleil.

Des semaines et des semaines s'écoulèrent. L'hiver passa, lugubre et rigoureux. Les récoltes s'étaient bien vendues. Lacogne était satisfait. Il avait fait rebâtir, à ses frais, le clocher de l'Eglise qui menaçait ruine. Les travaux, commencés en octobre, avaient été interrompus aux premières gelées, repris en février et terminés à la mi-mars. En avril, une belle cloche avait été expédiée de Savoie à Vezelles aux frais du fermier. Le baptême en devait avoir lieu le saint jour de Pâques. Sophie en serait la marraine et Lacogne le parrain. Pâques arriva par un temps splendide. Le printemps, cette année-là, était vraiment exceptionnel. Tout éclatait, les champs étaient déjà verts et les blés hauts. La belle année que ça promettait ! Et la joie se lisait sur tous les visages du pays. Sophie, pour sa part, rayonnait, vraiment belle à voir, bien en chair, joufflue même, tout à fait fille de fermier. Le « moral » était d'aplomb comme le « physique », car elle avait su se gagner des amitiés sincères à force de charité, de bonté simple et désintéressée.

Elle avait voulu être la providence de tous ceux qui l'entouraient et elle avait réussi à être cela discrètement : dans les rues du village, elle était suivie par de bons regards débordant de reconnaissance et des sourires affectueux. Les bambins lui couraient après, en gambadant, sûrs de récolter un baiser et une friandise.

*
* *

Et le saint-jour de Pâques se leva sur Vezelles...

Sophie en compagnie de quelques dames de l'endroit, avait fait à la vieillotte église une toilette nouvelle et charmante. L'autel était couvert de fines nappes brodées, de fleurs quotidiennement renouvelées, d'ors neufs et pimpants. Le bon Dieu était là dans une atmosphère coquette et fleurie. Il faisait bon prier dans l'ombre de ce sanctuaire dévotieusement paré. Et bientôt allait tinter la cloche neuve, au baptême de laquelle tout le village était convié, les anciens et les mioches en tête.

Ça, ce serait une belle cérémonie !

Huit jours avant Pâques, Sophie, aidée par quelques amies, confectionna, la robe de la cloche dont le nom était déjà choisi : « La Généreuse ». L'abbé Lemoine surveillait en personne tous les préparatifs du grand jour qui se leva, enfin !

Dès l'aube, Sophie fut debout.

Elle alla entendre la messe de six heures, la première. Beaucoup de gens du pays s'étant tous réservés pour la grand'messe, elle était seule

Ils s'avouèrent leur plaisir de se retrouver là.

ou presque dans l'Eglise fleurie du haut en bas, les piliers disparaissaient sous le manteau vert des feuillages piqués de roses blanches et de fleurs des champs.

L'abbé Lemoine officiait, le visage rayonnant. Sophie communia avec dévotion. Elle vivait là comme en un songe mystique, extériorisée, belle à voir, tant sa foi prêtait à tout son être de noblesse et d'extase pleine de grandeur.

Lorsque, l'office terminé, l'abbé Lemoine vint à Sophie, qu'il trouva

en prière, pour lui demander de s'occuper des derniers préparatifs de la
fête, la jeune fille, au bruit ouaté de ses pas, releva le front et lui tendit
la main en disant, de l'émotion plein la voix :

— Etes-vous heureux, Monsieur l'abbé ?

— Très heureux, ma sœur, et vous ?

Elle porta la main à cœur et répondit :

— Très heureuse, oh ! oui, très heureuse !

Et son regard, un peu exalté, sombra dans celui du prêtre, profond
et calme comme une eau pure.

Sur un signe de lui, amical et discret, elle le suivit dans la sacristie
où sur la table aux chasubles s'amoncelaient des lys, du lilas blanc et
des roses au cœur vermeil comme les lèvres d'un bébé.

Il lui dit de sa voix un peu grave, mais onctueuse et caressante :

— Nous allons, si vous le voulez bien, faire la toilette fleurie de notre
cloche.

Elle acquiesça d'un geste de tête et d'un sourire, et tous deux, les bras
chargés de fleurs, s'en vinrent au pied du clocher où reposait, muet encore,
mais déjà paré de sa robe endentellée, le petit géant de bronze qui, tout
à l'heure, allait vibrer dans sa cage de pierre et laisser planer sur tout le
village le grondement mélancolique de sa voix puissante.

De longues guirlandes de lierre avaient été tressées la veille dans
lesquelles, l'abbé et Sophie piquèrent des lys et des roses. Tandis qu'ils
paraient ainsi la cloche, leurs mains se rencontraient agiles et tremblantes
de l'émotion complexe qu'ils ressentaient au matin de ce jour de fête.

Leurs regards aussi se rencontraient et ils se souriaient sans arrière-
pensée, contents et émus, réunis dans un même élan de joie chrétienne
et artiste.

Lorsqu'ils eurent achevé leur tâche et que la cloche fut coiffée d'une
lourde loque de lilas blanc, ils se reculèrent de quelques pas pour juger
de l'effet obtenu et, satisfaits, se serrèrent la main.

— Nous avons bien travaillé, Mademoiselle Sophie.

— Oui, Monsieur l'abbé.

Et Sophie ajouta :

— Je ne sais pas si vous êtes comme moi, Monsieur l'abbé, mais j'ai
le cœur énorme dans la poitrine. C'est de joie, sans doute, et d'émotion.
Je suis si heureuse ! si heureuse !... Ah ! voyez-vous, laissez-moi vous le
confesser, parfois, je crois rêver. Souvent, je me dis, est-ce bien moi qui
suis ici, est-ce bien la même femme qui, jadis, vivait si mal... Et qui donc
a bien pu accomplir un tel miracle ?

L'abbé, sans prononcer une parole, prit Sophie doucement par le bras
et la força à se tourner vers le maître-autel où, déjà, brillaient comme
autant d'étoiles les flammes des cierges que le bedeau allumait. D'un
geste lent et vague, mais fort précis pour Sophie, il montra le saint-ciboire
nent et ce geste fut sa réponse muette et cependant éloquente.

Sophie regarda le prêtre, puis, ses yeux ne quittant pas les siens, elle
tomba à genoux pour s'abîmer dans une courte prière qui s'exhalait de
son âme en un murmure très doux, tandis que, debout, à côté d'elle, l'abbé
Lemoine, lui aussi, marmonnait de saints mots à l'intention de cette péche-
resse, dont le cœur purifié était son œuvre à lui. Car c'était lui qui avait
ramené cette brebis dans le bon chemin, c'était lui qui avait achevé de
convertir au bien ce cœur meurtri et que le mal avait un instant gangrené.
Il éprouvait une certaine fierté à convenir de cela, et rendait grâce à
Dieu de lui avoir donné la force et le pouvoir de sauver cette créature dans
le sein de laquelle, maintenant, germait le bon grain et fleurissaient les
douces fleurs du bien.

Depuis deux mois, l'abbé Lemoine vivait avec Sophie, dans une
étroite communion d'idées et de pensées. Sophie n'aurait rien fait, rien
décidé sans en référer au prêtre qui, peu à peu, avait pris sur elle un
ascendant énorme. Hors de sa présence elle redoutait de vivre mal et de
commettre la moindre faute. Ils se voyaient chaque jour et pendant de
longues heures. Elle allait avec lui chez les malades et les indigents, joi-
gnant son aumône à la sienne. En chemin, ils avaient d'interminables con-
versations religieuses. Elle éprouvait une jouissance infinie à l'entendre
lui paraphraser l'Evangile, à l'écouter parler du devoir de la résignation
chrétienne. Elle comprenait d'instinct certaines thèses de théologie élémen-
taire qu'il lui développait avec complaisance.

Elle parlait de son passé, mais elle en parlait comme d'une chose
lointaine ; c'était son calvaire à elle, et elle en dépeignait les stations

...honte, aimait à évoquer aujourd'hui, avec une voix pleine de mé... toutes ces choses lardées qui étaient si loin, si loin, qu'elle ne se rappe-chait qu'à demi, puisqu'elle leur devait d'avoir pu connaître la félicité qui la berçait d'illusions régénératrices et la réhabilitaient entièrement à ses yeux.

Sur les grandes routes ensoleillées, l'ombre des deux jeunes gens se confondait comme à leur insu se confondaient leurs âmes et leurs cœurs. Dans le désert des champs familiers, et lorsqu'après une longue course, Sophie se sentait par trop fatiguée, elle appuyait son bras discrètement sur celui du prêtre. Ils marchaient, à l'entendre « comme frère et sœur », mais, à la vérité, elle était confondue de volupté charnelle à la minute où elle se serrait contre lui avec la volonté de se mieux réfugier ainsi dans le sein de Dieu. Elle marchait alors dans un oubli de tout, l'âme enveloppée de béatitude, les lèvres entr'ouvertes à la brise parfumée, le corps allégé, le regard perdu à l'horizon. Et parfois, le jour qui mourait lentement autour d'eux ajoutait encore un charme infini à ces fins de promenades, dont ils revenaient satisfaits pour tout le bonheur et le récon-fort qu'ils avaient procuré aux malheureux visités.

Dans le pays, nul ne songeait à suspecter l'amitié que les deux jeunes gens avaient l'un pour l'autre, car, de cette amitié au grand jour, de cette association chrétienne, tous profitaient.

**

Puis, ce furent les préparatifs de la cérémonie du baptême de la *Généreuse* qui accaparèrent les deux jeunes gens. Et le grand jour arriva.

En compagnie de Lacogne et de Sophie, l'abbé Lemoine alla à la ren-contre de l'Évêque, retenu à l'évêché par une assemblée diocésaine et qui ne devait arriver que pour la grand'messe, par le train de neuf heures quarante. L'abbé Lemoine, à la gare, retrouva son conseil de fabrique, les fidèles de marque, toute une foule endimanchée et curieuse. Enfin, le convoi stoppa, avec quelques minutes de retard : accueil, présentations, bénédic-tions, et dans le landau d'un proche châtelain, on gagna le presbytère, puis l'Église, déjà comble et murmurante.

La grand'messe commença, interminable.

Ite missa est.

Tout le monde se tourna vers la cloche dont l'heure du baptême venait de sonner.

Lacogne et sa fille prirent place au premier rang et la cérémonie se déroula, touchante, pittoresque, puis, la *Généreuse* montée dans le clocher, le sonneur fit manœuvrer le marteau et sur la foule agenouillée accoururent et planèrent les premiers sons que le bronze répandit. Ce fut un ravissement pour les fidèles dont la sortie lente s'opéra sous le bourdonnement grave de la filleule des Lacogne agenouillés à côté des prêtres.

Une heure après, cent convives étaient réunis chez le fermier qui exultait.

Jusqu'au départ de l'Évêque, chacun observa une grande réserve, mais sitôt que celui-ci eut franchi le seuil de la ferme, les voix s'élevèrent, les éclats de rire fusèrent, le champagne coula, jusqu'au soir la ripaille battit son plein.

À l'heure du dîner, l'abbé Lemoine regagna la ferme. Mais le repas du soir fut tout intime. Lacogne, sa fille, le curé et cinq ou six amis. On y but sec et beaucoup. Vers dix heures, les cigares allumés, chacun y alla de sa romance. L'abbé Lemoine à qui le bon vin avait prêté de la gaîté, chanta aussi, récita quelques poésies. On projeta soudain de finir la soirée par une promenade dans le pays en fête, au bal surtout, très animé et dont les rigodons arrivaient jusqu'aux invités de Lacogne pour leur mettre des fourmis dans les jambes.

Il fut décidé que Sophie tiendrait compagnie à l'abbé, tandis qu'il finirait son cigare et qu'elle viendrait le retrouver au café de la Mairie.

Tandis que le vieux guidait ses amis vers la grande salle où ils avaient laissé leurs cannes et leurs chapeaux, l'abbé Lemoine, un cigare aux lèvres, resta en tête à tête avec Sophie, très gaie, surexcitée par le champagne, un peu grise. Leurs regards lourds et vagues se rencontrèrent, ils se mirent à rire grassement, sans motif, comme pour se donner une contenance. Sophie qui avait chaud, dégrafa le col de sa chemisette et l'échancrure laissa voir la naissance de la gorge.

L'abbé Lemoine, étourdi par un bon cigare et trois coupes de chamgné, eut soudain conscience qu'il était gris. Il se mit d'un coup de reins sur ses jambes, mais à peine debout il tituba, faillit tomber, Sophie le retint par un bras, éclata de rire en disant...

— Vous êtes un peu parti, monsieur l'abbé !

Tout tournait autour du malheureux.

— Reposez-vous une heure avant de rentrer au presbytère. Si Virginie vous voyait dans cet état-là !

Il pensait comme elle, et la supplia de le conduire dans une chambre où il pourrait se reposer un peu. Sophie, toujours riant, le prit par la main et le mena au premier, dans une pièce inoccupée, meublée seulement d'un lit sans draps, d'une table et d'une chaise.

Arrivé là, l'abbé bégayant, dont l'ébriété s'accentuait, tituba tout à fait souriant, riant, se morigénant, s'excusant inconscient, perdu de vertige, gris à rouler sur le plancher, et d'une embardée, s'en fut vers le lit entraînant à sa suite Sophie qui ne lui avait pas lâché la main.

Les deux corps trébuchèrent et tombèrent d'un bloc sur la couche basse qui fit entendre un gémissement.

Dans la chute, Sophie culbuta sur l'abbé, leurs visages se frôlèrent, leurs voix se mêlèrent dans un même cri et soudain, plus rien que du silence à peine troublé par des murmures, des balbutiements et de longs soupirs.

CHAPITRE VIII

Prêtre et Martyr

Comme deux heures sonnaient, Sophie s'éveilla en sursaut et se dressa sur le lit.

Tout d'abord, son regard alourdi et embrumé erra sans voir sur les choses qui l'entouraient; elle cherchait dans une anxiété de fin de cauchemar à se familiariser avec ce qu'elle voyait très vaguement se profiler dans la coulée de ses paupières bridées ; sa pensée se débattait, tumultueuse. Peu à peu tout se précisa, la mémoire lui revint et, dans la demi-nuit de la pièce, elle vit l'abbé Lemoine qui gisait près d'elle, fauché, dans le calme d'un sommeil profond. Un lent frisson lui courut sur la chair. Tout à fait éveillée et dégrisée, elle se souvint alors de la scène qui s'était passée là et eut, en une seconde, conscience du sacrilège commis ; elle avait pris ce prêtre presque de force — était-ce possible ! — dans un vertige ; elle en avait la preuve dans le débraillement même de l'homme qui ronflait brisé, anéanti par les caresses qu'elle lui avait prodiguées. Alors, elle glissa à bas du lit, subitement angoissée par la crainte de réveiller le prêtre et de se trouver en sa présence.

Une fois debout, elle répara avec mille précautions, le désordre des vêtements de l'abbé, avec l'espoir qu'ainsi, le malheureux pourrait peut-être douter et prendre pour un « mauvais rêve » ce qui avait été une réalité dégradante. Puis marchant à pas de loup, le corps vibrant de sursauts précipités, elle sortit à reculons laissant peser sur celui que déjà elle appelait sa « victime », un regard effaré dans lequel se confondaient de la terreur et de la douleur — une douleur lente qui, la porte fermée, lui laboura la poitrine pour mourir sur ses lèvres en un sanglot étouffé. Sur le palier elle s'accota au chambranle, ayant la sensation très nette et angoissante qu'elle avait commis une profanation, sciemment, car, elle s'en souvenait, elle avait désiré ce prêtre.

Alors, se traînant de marche en marche, elle monta à sa chambre et s'y enferma. Les jambes lui manquaient. En zigzaguant, elle vint à son prie-dieu, s'y prosterna d'un bloc et se répandit en lamentations.

— Qu'est-ce que j'ai fait ? Qu'est-ce que j'ai fait ?

Elle resta quelques secondes comme abasourdie, puis, après un long soupir, vibrante de honte, d'un jet de paroles mâchonnées, elle s'insulta à pleine bouche.

Elle trouvait des expressions ordurières pour se flétrir.

— Je ne suis qu'une garce !... une garce !... une garce !... Elle se frappait le front de ses poings, à grands coups scandés comme des mea culpa.

Ainsi qu'André l'avait fait, l'écume aux lèvres, elle s'injuria. Toute la boue de jadis lui remontait du cœur à l'âme dans une horreur d'elle-même. Enfin, pantelante, elle put s'effondrer dans la prière, jusqu'au jour dont les premières clartés vinrent secouer la torpeur qui l'avait engourdie... Elle se jeta tout habillée sur son lit et s'endormit d'un sommeil de bête éplorée.

Lorsqu'elle s'éveilla vers dix heures, les jambes molles, la tête lourde, les tempes bourdonnantes, son premier soin fut de courir à la chambre où s'était échoué l'abbé.

Il n'y était plus.

Le lit cependant gardait encore l'empreinte de son corps; elle s'y étendit dans une poussée de remords; et voici qu'à se retrouver là, elle éprouvait comme une volupté... Le souvenir de l'étreinte de la veille se précisait, délicieux et pervers.

Elle se roulait sur cette couche où l'abbé l'avait possédée; elle s'y roulait lentement, presque béatement, envahie par l'oubli de sa honte, de sa douleur, la tête enfouie dans les bras croisées, l'âme au repos peu à peu, le corps moins palpitant, elle sombrait dans une griserie capiteuse et douce comme une extase.

Maintenant, le souvenir de cette heure d'amour défendu la jetait dans une volupté infinie.

Elle s'accordait, avec une complaisance facile, des circonstances atténuantes.

Après tout, n'était-elle pas la fille de Lacogne, dont l'abbé Lardy lui avait narré les aventures amoureuses? Elle tenait de lui. « Je suis faite pour l'amour, moi ! »

Et, dans un soupir profond et éloquent, elle balbutia, frémissante :

— C'est si bon d'aimer !

Elle baisa le matelas à la place où avait dormi l'abbé — puis elle sauta à terre d'un bond, s'étira et remonta dans sa chambre, soulagée pour un moment.

Elle fit un brin de toilette, descendit déjeuner, trouva tout le monde attablé autour des reliefs de la veille et tout ce monde était gai. Elle courut embrasser son père, éclata de rire et, ayant gagné sa place, pensa à l'égard de l'abbé : « Après tout, qu'il dise ce qu'il voudra, il a été heureux avec moi ! »

Cependant, elle n'osa pas se rendre au presbytère, vers deux heures, comme à l'habitude.

Elle se contenta, au cours d'une promenade dans le pays, de passer devant les fenêtres de l'abbé Lemoine, espérant apercevoir le prêtre; mais les volets étaient hermétiquement clos sur toute la maison qu'on aurait pu croire inhabitée.

Personne n'avait vu sortir l'abbé depuis qu'il était rentré chez lui après sa messe dite.

Trois fois, Sophie rôda devant les fenêtres, et trois fois elle eut la tentation de sonner à la porte, mais elle n'en eut pas l'audace.

Alors, elle rentra à la ferme.

Chez lui, l'abbé Lemoine, couché sur le large divan de son cabinet de travail, était plongé dans un état de prostration complète.

Il ne pleurait point, mais son corps était secoué par des sanglots secs, par des hoquets qui lui labouraient la poitrine. Il roulait de gauche à droite, comme un damné sur la claie, les mains en griffes sur le crâne. Parfois, il se retournait d'un bloc, les bras en croix, le regard rivé sur le Christ, en face lui et restait là prostré, dans une immobilité de cadavre, la respiration courte, haletante, sifflante entre les lèvres entr'ouvertes et séchées de fièvre.

Et, de sa gorge, s'échappaient des sons confus, des plaintes qui vibraient sinistrement. Il gardait les yeux grands ouverts pour éviter d'apercevoir, dans la nuit de ses paupières closes, l'atroce vision du geste d'amour.

— Oh ! cette vision !...

A l'aube, il s'était éveillé dans la chambre de la ferme, la tête lourde encore, mais l'esprit sain. Et, tout de suite, il s'était souvenu. Oh ! la triste, la lugubre aventure ! tout son honneur de prêtre sali par cette étreinte librement consentie dans un vertige d'ivresse, dans une bouffée de désirs éveillés par le champagne. Et, ce qui l'affolait davantage, c'est qu'il avait conscience de n'avoir pas été une victime, d'avoir désiré cette fille, et d'avoir partagé son extase. Il avait posé sur cette bouche, souillée jadis par les baisers de tant d'hommes, ses lèvres qui, jusqu'ici, n'avaient été effleurées que par la divine hostie...

Il s'était jeté d'un bond dans l'escalier qu'il avait dégringolé quatre à quatre, puis, sitôt dehors, avait couru au presbytère. Avec mille précautions, il avait ouvert la porte pour né point réveiller Virginie, sa gouvernante, à qui cette rentrée matinale aurait paru des plus louches.

Dans la pénombre de sa petite chambre, il avait, en hâte, comme un collégien après sa première nuit passée dehors en contrebande, bousculé ses couvertures, froissé ses draps. Puis, las et désemparé, après avoir marché à grands pas et longtemps dans la pièce, il s'était déshabillé et couché, espérant trouver dans le sommeil l'oubli de son coupable vertige. Au contact des toiles fraîches, il avait éprouvé, tout d'abord, un lent frisson de volupté auquel avait brusquement succédé un tremblement d'angoisse... Il n'était plus digne de reposer là, de confier à cette couche pure son corps sali par le péché... Il sauta à bas du lit et vint à reculons, les bras tendus en un geste d'effroi, s'échouer dans un fauteuil. Là, le front sur les poings, il avait sangloté... quelque chose se déchirait en lui... Il était un autre homme... La faute qu'il avait commise était irréparable. Ce qui était hier sa gloire, son orgueil, sa fierté, était mort; il n'était plus chaste.

Ah ! comme il palpitait, comme il agonisait, écrasé dans son coin, dans sa solitude ! Mais, de penser à cela, il revivait sa nuit, la silhouette de Sophie apparaissait à son regard, en profil perdu dans du brouillard, et ce qui le torturait davantage encore, c'est qu'il ne pouvait parvenir à oublier que sa chute avait été délicieuse...

Alors, il pria de toutes ses forces, et dans sa prière, dans son élan vers Dieu, il retrouva un peu de paix, de calme.

A sept heures, Virginie, comme à l'habitude, vint frapper à sa porte pour le réveiller. Il s'habilla, se rendit à l'Eglise pour dire sa messe.

Lorsque, vêtu de l'étole et de la chasuble, il sortit de la sacristie les mains crispées sur le ciboire, il crut qu'il allait défaillir. Il s'arrêta quelques secondes, puis reprit sa marche. Et, soudain, l'autel lui apparut dans la lumière multicolore des vitraux, il eut un mouvement de recul. La tête renversée, il ferma les yeux et balbutia :

— Mon Dieu, ayez pitié de moi.

Puis il monta les degrés du chœur et se prosterna, le front sur la sainte table.

Lorsqu'il se releva, il était moins pâle; plus de vaillance se lisait dans son regard noyé de douleur encore, et il commença d'officier.

Mais vint l'instant de la communion, instant suprême et grave... Il brisa l'hostie, reçut le vin des mains du servant, posa le saint ciboire, se signa, s'agenouilla, balbutia, la voix morte, les saintes paroles qui moururent dans sa gorge comme un râle... Il eut l'impression que la terre s'ouvrait sous lui, il étendit les bras, clama un appel désespéré et trébucha pour s'abattre sans connaissance. Un peu de sang teintait son front qui avait frappé la pierre des marches.

Le bedeau courut à lui, tenta de le remettre sur pieds, mais sans y parvenir. Alors, l'enfant de chœur courut chercher du renfort, le sonneur, un voisin.

On releva le prêtre qu'on porta dans la sacristie. Là, il reprit ses sens, remercia ces braves gens, se déclara souffrant, les congédia du geste, se débarrassa, une fois seul, de ses vêtements sacerdotaux et se traîna jusqu'au presbytère où il se réfugia dans l'espoir de s'y claquemurer.

CHAPITRE IX

Le Mal malin

A la ferme, un gars qui avait été livrer de la paille au village, conta la « chose » qui était arrivée à l'abbé Lemoine. « Paraît qu'il était encore mal remis du souper d'hier et qui s'a trouvé mal à l'aise en disant sa messe. » Là-dessus, l'homme se prit à cligner de l'œil et à rire très fort, goguenard et satisfait.

Lacogne, lui aussi, se prit à rire, tout le monde rit d'un bon rire d'enfant. Seule, Sophie resta figée dans la tristesse subite qui venait de l'envahir. Lacogne déclara :

— Comme dit Jean-Claude, c'est les restes du bon dîner qui l'ont fait trébucher, notre curé. Tout de même, on ira prendre de ses nouvelles c'tantôt pas vrai, Sophie ?

Sophie acquiesça d'un hochement de tête.

Le repas terminé, Lacogne alla faire son somme pour digérer et vers cinq heures, invita sa fille à la suivre chez l'abbé. Elle accepta, un peu anxieuse.

Tous deux partirent, lui ne cessant de grommeler, gouailleur et bon enfant : « Sacré curé, ça ! c'est vrai qu'il avait la mèche à l'envers, hier soir ! »

Lorsqu'ils sonnèrent à la porte du presbytère, ce fut Virginie qui vint leur ouvrir, revêche :

— Not' curé ne reçoit point, il est souffrant.

— C'est vrai ?... à ce point là ?...

— Dame, vous devez bien vous en douter vu que c'est chez vous qu'il a dû prendre les germes de ce malaise-là.

— Allez donc tout de même lui dire que je suis là.

Mais Virginie s'y opposa. Elle avait une consigne et ne connaissait que ça.

— J'y dirai que vous êtes venu, c'est tout ce que je peux faire.

Mais Lacogne ne l'entendit point ainsi.

Il voulait voir l'abbé Lemoine, c'était une idée fixe. Il criait que l'abbé était son ami et que les consignes n'existaient que pour les étrangers.

Au bruit qu'il fit, l'abbé sortit de sa maison n'ayant point tout d'abord reconnu les voix. Mais, lorsqu'il aperçut Lacogne et Sophie, il eut un haut-le-corps et se rejeta en arrière. Il était trop tard. Le fermier l'avait aperçu, et, en trois bonds, s'était porté vers lui.

Maintenant, il lui serrait les mains à les briser et questionnait :

— Eh bien, c'est-y vrai l'abbé, ce qu'on dit, que c'est moi qui suis la cause de votre malaise ?

Sophie était aux côtés de son père, tremblant un peu, son regard osant à peine se confondre dans celui du prêtre, chargé de reproches et triste, effroyablement triste.

L'abbé Lemoine calma Lacogne.

— Ne vous tourmentez pas pour moi, mon ami, il n'y a point de votre faute.

— Ah ! tant mieux, j'avais ben peur !

— Je suis souffrant depuis quelque temps et, cette nuit, j'ai fait un vilain rêve qui m'a bouleversé... Je me suis éveillé tout palpitant, fiévreux, voilà la vérité...

Il scandait ses mots en disant cela et haletait un peu.

Rassuré, Lacogne prit congé de lui.

L'abbé les reconduisit jusqu'à la grille qui clôturait son jardinet et s'inclina devant eux sans un regard pour Sophie, affreusement troublée et qui se sentait prise par sa douleur et son effroi de la nuit.

Au retour, le père et la fille n'échangèrent pas une parole.

Lacogne alla dans les champs surveiller son monde, Sophie rentra à la ferme.

Elle courut s'enfermer dans sa chambre.

Là, affalée dans un fauteuil, elle s'absorba dans de pénibles méditations et murmura : « Ce que j'ai fait est irréparable !... Quel démon m'y a poussé ? »...

Alors, elle pensa à ce qu'allait être demain.

Elle avait à la fois trahi et perdu l'amitié de l'abbé Lemoine. Maintenant, leur intimité était à jamais compromise. Elle n'oserait pas se retrouver en sa présence et c'en était fini de leurs longues promenades, des longues et bonnes heures de confidence. Elle avait perdu « son ami ». Et cela la plongeait dans une détresse définitive.

Oserait-elle seulement pénétrer à l'Eglise ? Non.

Oh ! quelle triste aventure ! quel cauchemar ! Elle s'abîma dans sa douleur jusqu'au soir.

Quand Lacogne rentra, à l'heure du souper, il fut frappé par l'altération des traits de Sophie.

— T'es palote, toi, aujourd'hui.

Elle répondit :

— Oui, ça ne va pas, je vais me coucher.

— Sans manger ?

— Je n'ai pas faim.

— Mange ta soupe, au moins.

Elle dit, en haussant les épaules, résignée.

— Si tu veux !…

Après la soupe, Lacogne exigea qu'elle prît un peu de poulet, elle obéit. Le souper terminé, elle monta tout de suite dans sa chambre, s'attarda, accoudée à la barre d'appui de sa fenêtre, à regarder la nuit faire sombrer les choses dans ses voiles d'ombre. Elle ne pouvait se décider à prendre du repos. A l'aube seulement, elle se coucha et dormit mal. Le lendemain et les jours qui suivirent, elle traîna son chagrin par la grande maison, ne sachant que faire pour se distraire, veule et morne, poursuivie par son remords, l'âme et le cœur en peine. Quand Lacogne la questionnait sur son attitude et ses airs ennuyés, elle répondait :

— Je ne sais pas ce que j'ai, ça ne va pas. Je n'ai mal nulle part, cependant… je m'ennuie.

— C'est-y de Paris que tu t'ennuies ?

— Oh ! non !

— Alors ? ça t'a pris comme ça, tout d'un coup ?

— Non.. ou plutôt, si…

— Pourquoi que tu ne vas plus avec l'abbé Lemoine par les champs, faire des visites aux pauvres, ça te distrayait.

Elle ne répondit point.

Alors, Lacogne déclara :

— Tu ne peux cependant pas rester comme ça, vois le docteur.

Elle refusa. A quoi bon dépenser de l'argent en visites de médecin, c'étaient les nerfs, ça passerait. Elle supplia Lacogne de ne pas insister. Le vieux, en grommelant, la laissa seule; mais il avait son idée.

Il fit atteler et, sans rien dire à personne, se rendit à la ville pour prendre conseil du docteur Mantin qui déclara que ça devait être un commencement de neurasthénie et qu'il fallait distraire la malade.

— Faites un petit voyage.

Le bonhomme hocha la tête.

— Ça coûte cher et puis, ça ferait-il de d'effet ?

Il attendrait encore un peu avant de tenter la chose.

Les jours qui suivirent furent pour Sophie comme les précédents, mornes et lamentables.

CHAPITRE X

Vers l'Oubli

Le lendemain même du jour où Sophie et Lacogne avaient été rendre visite à l'abbé Lemoine, celui-ci se rendait à Saint-Jean-de-Trézelles pour aller soulager sa conscience en se confessant à son évêque.

Comme six heures sonnaient, il était introduit près de Monseigneur de Villeron qui l'affectionnait tout particulièrement et vint à lui les mains tendues.

Mais, ce fut dans un subit agenouillement que l'abbé Lemoine répondit à ce bienveillant accueil. Prosterné devant son juge, il pleura longtemps, longtemps. Sa crise un peu calmée, il se laissa entraîner vers un siège où il tomba et, le regard suppliant et noyé, un pauvre regard de cerf aux abois, il commença sa confession, parlant à petits coups, sanglotant sa faute, avouant tout avec un héroïsme de martyre. Lorsqu'il eut terminé, l'évêque, bouleversé par les révélations de l'abbé, mais ému, touché profondément par cette douleur, par l'agonie de cette belle âme qu'un instant Dieu avait abandonnée, donna l'absolution, prescrivit une punition exigea un exil prochain, très loin, en Chine où, à répandre la parole de Dieu, le prêtre trouverait le définitif pardon de la faute commise.

L'abbé Lemoine, la conscience allégée d'un poids terrible, accepta la sentence dans un admirable élan de repentir et, plus vaillant, regagna Vézelles.

La nuit qu'il passa fut calme.

Et, lorsqu'il se réveilla le lendemain, il lui sembla que Dieu avait répandu sur la blessure de son âme, un baume régénérateur. Il se plaisait à se croire enveloppé comme dans un voile d'oubli.

Ce jour-là, il dit sa messe sans vertige et communia avec joie. Lorsqu'il absorba l'hostie, il lui parut qu'il lui coulait de l'azur dans la gorge.

Pendant quelques jours, il ne revit point Sophie.

Le dimanche qui suivit celui où avait eu lieu le baptême de la « Généreuse », Lacogne et Sophie, bien avant dix heures, étaient entrés à l'Eglise et avaient gagné leurs places au premier rang, près de la grille, drapée de blanc, qui fermait le chœur.

Assis, Lacogne, les yeux à la voûte du saint lieu, attendait l'office tandis que Sophie, prosternée, s'efforçait de prier ardemment.

Peu à peu l'Eglise s'emplissait.

— *Tais-toi !*

L'heure de la messe sonna. Le bedeau frappa de sa hallebarde les dalles sonores et le cortège de l'officiant sortit de la sacristie. L'abbé Lemoine, le visage illuminé, s'en vint au chœur, aperçut le fermier et sa fille, mais pas un muscle de son visage ne broncha. Il gagna l'autel, calme et recueilli et officia. Ce dimanche-là, il termina le prône en disant : « Mes frères, priez pour moi aujourd'hui et demandez à Dieu de me garder toujours en sa sainte protection. Si je vous demande de prier pour votre curé, c'est que je vais bientôt vous quitter pour aller en Chine porter la parole de Dieu et qu'il me sera doux de m'exiler suivi par vos prières et réconforté par elles. »

Dans l'Eglise, tout le monde se regarda avec étonnement et désolation. L'abbé Lemoine était adoré de ses ouailles.

Sophie, elle, sentit son cœur qui s'arrêtait de battre. Sa victime fuyait sa présence. Elle n'en doutait pas, le prêtre s'exilait à cause d'elle. Elle le suivit des yeux quand il descendit de la chaire, elle le suivit jusqu'à l'autel où il reprit sa messe. Pas un instant, elle n'avait été frôlée par son regard.

Lacogne lui murmura à l'oreille

— Tu savais, toi, qu'il devait nous quitter ?

Elle balbutia :

— Non, je ne savais pas.

— Moi, je l'ai encore vu, hier, il ne m'en a point parlé.

La messe dite, Lacogne attendit l'abbé à la porte de la sacristie pour parler avec lui de ce départ subit et qui peinait tout le monde.

Lorsque l'abbé aperçut le père et la fille, il murmura : « Côtoie le péché pour que ta vertu nouvelle n'en ait que plus de valeur », et il marcha vers eux, le visage au repos, la bouche souriante, la main tendue, qu'il donna au fermier.

— Votre santé est bonne, Lacogne ?

— Très bonne, mais...

— Et vous, ma petite amie ?

Sophie balbutia qu'elle allait mieux, qu'elle avait passé une mauvaise semaine. L'abbé ne releva point ces paroles et, du regard, invita Lacogne à achever la phrase qu'il avait interrompue.

— Alors, comme ça, vous nous quittez ?

— J'obéis aux ordres de l'Archevêché.

— Aux ordres ! N'est-ce pas plutôt vous qui avez demandé à voir du pays ?

— Non. Mais c'est avec joie que je me suis vu désigner un poste de missionnaire, aux frontières de Chine...

— C'est dangereux, hein ?

— Mourir pour son Dieu est une noble mort et qui nous aide parfois à racheter bien des péchés.

Sophie pensa : « Il va peut-être à la mort et c'est à cause de moi ».

Lacogne demanda à l'abbé la date de son départ. Il devait, dans trois mois, quatre au plus, être rendu à Marseille.

— En ce cas, vous venez dîner chez moi, ce soir, et tant que vous voudrez jusqu'à votre départ.

« Côtoie le péché pour que ta vertu nouvelle n'en ait que plus de valeur ».

L'abbé Lemoine, sans un regard à Sophie, accepta.

Lacogne prit congé du prêtre en lui donnant rendez-vous pour après vêpres : « Nous ferons un piquet en attendant l'heure du dîner ».

Pendant le retour à la ferme, Sophie songea à ce que venait d'annoncer le prêtre.

Rien qu'à la pensée que l'abbé Lemoine allait quitter Vezelles, une douleur violente et vague l'envahissait. Il lui fallait, pour ne point pleurer, appeler à son secours toute sa volonté. Soudain, elle s'arrêta et murmura : « Est-ce que je l'aimerais ? » C'était la première fois qu'elle se posait cette question, elle trembla d'y répondre. Lacogne lui demanda :

— Eh bien, quoi donc, tu n'avances plus.

Elle le rejoignit d'un pas incertain, maintenant obsédée par le doute qui venait d'effleurer son esprit.

Sitôt après le déjeuner, elle se rendit à l'Eglise, gagna sa place et attendit, en priant, l'heure des vêpres.

A trois heures, calme et beau dans son surplis brodé, l'abbé Lemoine officia. Sophie ne le quittait pas des yeux. Ce n'était pas le prêtre qu'elle dévisageait, c'était l'homme dont elle sentait parfois peser sur elle le regard tranquille et velouté. Son doute grandissait, elle se sentait fébrile et tourmentée. Soudain, elle laissa tomber son front dans ses mains et balbutia : « Je l'aime ! Je l'aime ! »

Et elle pensa : « S'il en est ainsi, que vais-je devenir, et quelle souffrance va être la mienne lorsque je serai séparée de lui ? Oh ! mon Dieu, suis-je donc maudite pour que toujours le bonheur que j'espère dans l'amour soit contrarié ? »

Ah ! maintenant, elle en était certaine, elle l'aimait. Elle ne l'avait pas pris, cet homme, dans un accès inconscient de désir, non, elle l'avait pris dans un instant de vertige qu'à son insu l'amour avait occasionné.

Alors, elle pensa à l'avenir.

L'abbé Lemoine n'était plus là, il voguait vers des rives lointaines sans espoir de retour immédiat. Un autre le remplacerait, quelconque, vieux peut-être... Et chaque jour, elle se demanderait : Que fait-il ? Où est-il ? Il n'écrirait sûrement pas... ce serait l'oubli, pour lui, pas pour elle. L'Eglise, la petite Eglise qu'elle avait parée à son intention, n'aurait plus d'âme...

Un vide profond se fit en elle, ses mains se crispèrent sur le prie-dieu et, pour un peu, elle aurait imploré à haute voix : « Ne pars pas ! Ne pars pas ! »

Elle pria longtemps. Lorsqu'elle revint à elle, l'Eglise était vide, le chœur désert. Elle promena sur tout ce qui l'entourait un regard de stupeur et d'étonnement puis, d'un pas rapide, courut vers le soleil dans la lumière de la route sans fin et déserte, sur le ruban de laquelle se profilait la ferme paternelle.

Lorsqu'elle en franchit le seuil, elle vit l'abbé, attablé devant Lacogne et qui, déjà, faisait sa partie en buvant du cidre, qu'il adorait, le cidre des amis.

Elle s'assit près des deux hommes.

Quand il réussissait un écart, l'abbé le lui faisait constater en souriant et la partie s'engageait. L'abbé gagnait comme il voulait. Lacogne rageait.

— Coquin d'abbé, il vous a une chance au jeu... S'il n'était pas prêtre, je sais bien ce que je lui dirais !...

Et Lacogne eut un clin d'œil et ajouta :

— Heureux au jeu...

Un voile de tristesse passa sur les traits de l'abbé que Sophie dévorait du regard.

Son trouble n'échappa pas à la jeune femme qui pensa : M'aimerait-il ?... Lui !...

On vint annoncer le dîner qui ne fut ni gai, ni triste.

Vers neuf heures, Lacogne, pressé de dormir, laissa les jeunes gens qui restèrent silencieux. Puis l'abbé se leva et prit congé.

Comme il allait franchir le seuil de la ferme, Sophie, presque dans une plainte, l'appela : « Mon père... »

L'abbé se retourna : « Ma sœur ? »

Mais elle referma la porte en disant : « Rien ! Rien !... »

Elle se coucha bouleversée.

CHAPITRE XI

Mère !

On était à la mi-juillet. L'abbé Lemoine devait quitter primitivement sa cure à la fin de ce mois.

Mais, vers le vingt, il reçut une lettre de l'Evêché lui annonçant qu'il ne quitterait Vezelles qu'en septembre.

Cette remise de départ le contraria un peu, mais il n'en fit rien voir.

Sophie, elle, changeait à vue d'œil.

Sa figure devenait douloureuse ; ses yeux cerclés de bistre étaient tantôt exaltés, tantôt mornes et inquiets ; une langueur permanente et maladive la tenait dans une allure toujours lasse ; elle n'avait pas d'appétit, n'avait de goût à rien et négligeait sa toilette. Presque toujours en peignoir, sans corset, la taille seulement maintenue par une ceinture de soie, les cheveux coiffés en bandeaux et ramassés à la hâte sur la nuque, elle se couvrait d'un grand plaid imperméable ou d'un cache-poussière en cachemire paille pour aller rendre visite aux quelques nécessiteux dont elle avait continué de s'occuper. Parfois, elle rencontrait l'abbé Lemoine mais celui-ci l'évitait sans affectation. Elle pensait, le cœur supplicié : il me fuit et me hait.

Lacogne avait vingt fois demandé à sa fille d'aller voir un médecin. Il lui proposa même un petit voyage, ainsi qu'on le lui avait conseillé. Sophie avait tout refusé, disant que ça passerait comme c'était venu, qu'elle ne souffrait pas et que ça lui avait déjà fait ça plusieurs fois à Paris.

Lacogne n'en croyait pas un mot et, souvent, murmurait en regardant sa fille à la dérobée, le regard soupçonneux : « Il y a quelque chose là-dessous. »

Le vieux ne se trompait guère. Sophie était grosse de près de quatre mois et taisait son état pour la raison douloureuse qu'elle était enceinte de l'abbé.

Dans le début de sa grossesse, elle avait eu, une minute, pas plus, l'idée d'un avortement, mais, tout de suite, elle avait renoncé à ce geste criminel.

Au contraire, elle avait éprouvé une joie nouvelle, saine et profonde, à constater sa maternité. Elle attendait, avec une anxiété touchante, la minute grave où son enfant tressaillerait pour la première fois en elle.

Elle redoutait bien un peu la colère de Lacogne lorsqu'il apprendrait la chose et l'embarras dans lequel la jetterait son aveu.

Il lui faudrait cacher le nom du père et Lacogne accepterait-il cela ? Certes, le vieux avait maintes fois prouvé jadis qu'il ne se souciait guère des « principes » mais aujourd'hui, ce n'était plus la même chose et « Pousse-l'Amour » passerait-il l'éponge bonassement sur la faute irréparable du seul être qu'il aimât ? Sophie en doutait. Lacogne avait de la morale et de la religion ; aujourd'hui, il en avait d'autant plus que ça lui était venu tard et qu'il avait toujours été un parpaillot et un sans scrupules.

Il la chasserait peut-être ?

A cette pensée, Sophie se sentait prise de terreur.

Se retrouver seule, sur la grande route, sans argent, sans métier, ce serait à nouveau la boue des ruisseaux, le trafic honteux dont elle était lavée aujourd'hui.

Mais non, Lacogne l'aimait trop, elle s'en tirerait avec une scène grave, terrible, des coups peut-être, une séparation morale de quelques semaines de quelques mois : et puis, l'enfant naîtrait, le vieillard aurait pitié de ce tout petit et la mère aurait une part de cette pitié car tous deux étaient de la même chair et tous deux avaient droit au même bonheur.

Quand elle nourrissait de tels espoirs, quand elle se réconfortait en pensant ainsi et que Lacogne était près d'elle, elle se jetait à son cou et l'embrassait de toutes ses forces.

Le vieux lui rendait ses baisers, la gardait contre sa poitrine et, après avoir pendant quelques secondes, plongé son regard dans celui de Sophie, lui disait : « Ben vrai, Sophie, t'es pas malade ? Non ? — Alors, si t'es pas malade, t'as rien à me dire ?... T'as pas un petit secret à me faire partager ?... »

Mais Sophie faisait non de la tête et baissait les yeux.

Lacogne la repoussait un peu durement en s'écriant : « Toi, t'aime pas ton vieux comme tu devrais l'aimer... »

Et il la laissait là, perplexe, troublée, anxieuse.

Le vieux se doutait de quelque chose ! Hé ! parbleu, il se doutait que Sophie aimait. Il s'y connaissait en mal d'amour.

Oui, Sophie aimait. Elle aimait comme jamais encore elle n'avait aimé. Elle adorait l'abbé Lemoine.

Il n'y avait pas que l'étrange maladie de Sophie qui chiffonnait le vieux. Il avait été frappé par la sorte de gêne envahissant Lemoine et Sophie lorsqu'ils étaient en présence.

Ils n'étaient plus si camarades. Sophie ne courait plus la campagne avec lui. A table, le dimanche, l'abbé ne se montrait plus si empressé à son égard et quand Lacogne montait se coucher, il prenait tout de suite congé d'un air embarrassé.

— Est-ce que tu serais brouillée avec notre curé ? avait un jour demandé Lacogne à Sophie.

Et elle lui avait répondu :

— Pas du tout.

— Alors, d'où vient que vous en avez l'air ?

— Mais non, père, seulement, tu sais ce que c'est, n'est-ce pas, dans les petits villages, on bavarde à tort et à travers. Mon intimité avec l'abbé Lemoine faisait jaser...

— Les sots et les mauvaises langues !

— Alors, nous avons préféré ne plus nous voir si souvent.

— C'est la vérité ?

— C'est la vérité.

Lacogne, d'instinct, n'avait pas cru un mot de ce que venait de lui déclarer sa fille.

CHAPITRE XII

L'Agonie d'une âme

L'abbé Lemoine et Sophie furent invités à aller présider à Sivry, à trois lieues de Vezelles, une distribution de prix dans un pensionnat religieux dont ils étaient les bienfaiteurs.

Lacogne proposa au prêtre et à sa fille de les mener jusque-là, il en profiterait pour se rendre à la sous-préfecture. Au retour, les jeunes gens reviendraient ensemble.

Lemoine accepta, mais déclara tout de suite qu'il serait obligé de prendre le train pour revenir à Vezelles.

Sophie prendrait le train aussi.

Lacogne, le jour venu, les conduisit en carriole jusqu'à Sivry.

Pendant le voyage, qui dura une heure à peine, Sophie assise dans le fond du véhicule, à côté de d'abbé, crut dix fois qu'elle allait s'évanouir. Elle respirait, à tout instant, un flacon de sels sur lequel sa main se crispait, fiévreuse et tremblante. Parfois elle devenait livide et mordait ses lèvres jusqu'au sang quand son enfant remuait dans sa taille emprisonnée par le corset qu'elle s'était contrainte à mettre pour la première fois depuis trois mois.

Pendant la cérémonie, qui dura près de deux heures, son malaise augmenta. Mais elle fit bonne contenance, malgré cela, et personne ne se douta de rien.

La sueur lui perlait au front, les minutes lui paraissaient des siècles. Cette petite fête n'en finissait pas.

Les enfants entonnèrent le cantique final. Son martyre allait cesser, elle poussa un soupir de soulagement. A la sortie des élèves, elle courut retirer son corset, chez la femme du portier et éprouva un bien-être infini à être soulagée de ce carcan qui l'avait blessée. Ceci fait, elle retourna au parloir.

Elle prit presque en même temps que l'abbé Lemoine congé de la supérieure et le rejoignit sur le chemin de la gare.

Pâle, les yeux à demi révulsés, elle le supplia de ne pas la laisser seule, sur la route déserte. Souffrante comme elle était, elle avait peur d'être prise de syncope.

L'abbé, la voyant si pâle, ne lui refusa pas sa compagnie.

Ils allèrent quelques instants silencieux et recueillis.

Sophie se traînait, titubant par instants, frôlant le prêtre, s'excusant de cela, d'une voie haletante.

Soudain, à une demi-lieue de Sivry dont la gare était à cinq kilomètres du pays, mille points de feu brillèrent devant les yeux de la jeune femme, elle porta la main à sa gorge, contractée par une atroce sensation d'étouffement, il lui parut que ses artères du cou gonflaient à se rompre et battaient follement, tout ce qui l'entourait oscilla, la route manqua sous ses pieds, elle avait saisi d'instinct le bras du prêtre pour ne pas tomber.

Lemoine n'avait eu que le temps de la recueillir dans ses bras, elle défaillait. Un instant, il l'aida à se tenir debout, puis, comme cela ne passait pas, au contraire, il l'avait pour ainsi dire traînée jusqu'au talus où elle s'était laissée choir, telle une loque, en balbutiant : « Je vous demande pardon, ça ne va pas du tout ».

En mâchonnant ces mots, très lentement, elle enveloppait le prêtre d'un regard d'intraduisible détresse.

« Respirez vos sels ».

Elle fit ainsi qu'il lui conseillait. Lemoine, très pâle, mais calme en apparence, resta quelques secondes planté devant elle à la regarder avec des yeux morts, puis questionna :

— Où souffrez-vous ?

En courbant le front, elle balbutia :

— Je souffre en moi.

— Physiquement ?

— Physiquement, oui, mon père, mon... mon...

Elle allait dire : « mon amant » mais le mot mourut dans sa gorge.

où des sanglots venaient de monter, précipités, furieux, pareils aux vagues, en mer, un jour de tempête. Comme un être en danger tend les bras vers son sauveur, elle tendit les siens vers le prêtre qui fit un pas en arrière. Alors, dans un geste de désolation, elle laissa tomber ses mains sur ses genoux et la tête basse, elle pleura, pleura, secouée par des hoquets qui lui déchiraient la poitrine. Puis, soudain, elle chancela et roula la face contre terre, les traits meurtris par le sable de la route, rigide, à demi-morte.

Lemoine, bouleversé, la releva, l'accota au talus, lui frappa dans les mains, mais rien n'y fit. Au contraire, sa pâleur augmentait de seconde en seconde et son visage était celui d'un cadavre bleu, la bouche béante comme un trou, les tempes creusées sous les bandeaux de ses cheveux épars sous sa tête un peu ensanglantée. Alors, il grimpa le talus, interrogea la campagne, ils étaient loin de tout. Pas de secours immédiat à espérer. Que faire ? Anxieux et troublé infiniment, il revint près d'elle, s'agenouilla devant ce corps inerte. Une main sur la route, l'autre, par hasard, sur la taille affaissée de Sophie, il se pencha pour écouter les battements du cœur et vérifier la respiration. Mais soudain, il se redressa à demi, les yeux rivés sur la taille de la jeune femme. Il parut attendre puis, ayant confirmation de son doute, il se dressa tout à fait, dévisagea Sophie en poussant, bouleversé par un secret pressentiment, un long : Oh !... qui mourut dans sa gorge avec des lenteurs de plainte, et, les mains jointes, la tête perdue dans les épaules et les yeux clos, le regard dans la nuit du souvenir, il pria, improvisant sa prière, bégayant des mots et des mots qui renfermaient tout ce qu'il avait de bon en lui, de beau en l'âme.

Un court et sourd gémissement de Sophie l'arracha à sa méditation. La malheureuse reprenait connaissance. Alors, il lui releva la tête, lui prêta d'appui de son bras robuste et l'assit sur la route. Leurs visages étaient très près l'un de l'autre; leurs haleines se confondaient ainsi qu'elles s'étaient confondues jadis dans un baiser. Comme elle rouvrait les yeux, il questionna avec une voix que Sophie ne lui connaissait plus :

— Vous sentez-vous mieux ?

Elle se mit péniblement d'aplomb et répondit :

— Bien mal encore.

Et tout de suite, dans un geste instinctif, le regard subitement noyé d'inquiétude, elle porta les mains à sa taille puis, elle attendit quelques secondes ; elle poussa alors un gros soupir de soulagement et pour un peu aurait souri tant, à cet instant, la mère qu'elle était déjà, éprouvait de joie à constater que le petit n'avait point souffert de son mal à elle et de sa chute sur les cailloux du chemin.

Ses yeux à cet instant, rencontrèrent ceux du prêtre. Dans le regard qu'ils échangèrent, elle comprit qu'il avait surpris son secret. Dans un élan furieux de son cœur vers son amant d'un jour, elle lui jeta ses bras autour du cou en confessant : « C'est ton enfant ! »

Et elle cacha son front dans l'épaule du prêtre qui ne trouva pas la force de la repousser. Il la laissa pleurer là, silencieusement, les lèvres frôlées par le duvet de la nuque de la jeune femme, balbutiant des mots étouffés tandis que de ses yeux, vers le ciel où ils cherchaient Dieu, montait un regard de désolation...

Quel terrible aveu venait-il d'entendre :

« C'est ton enfant ! »

Il était maintenant secoué d'un tremblement convulsif de tous ses membres. Il grelottait d'anxiété. Père, lui !... Père, lui, le prêtre !... lui, un *Prêtre* !...

« C'est ton enfant ! »

Ces trois mots vibraient encore à ses oreilles comme un glas. Et il ne cessait dans son écrasement de bégayer : « Père ! Père ! Père !... » Dans son esprit, c'était le chaos. L'aveu de Sophie l'avait étourdi comme un coup de matraque. Il poussait de sourds gémissements, il serrait, sans amour, contre sa poitrine, celle qui venait de jeter dans sa vie ecclésiastique un voile de mort; il dodelinait de la tête, ses lèvres étaient vibrantes, des sons confus s'échappaient de sa gorge, il aurait voulu pleurer comme elle, mais il n'avait point de larmes.

Il s'abîma dans une prostration, d'abord, puis tout à coup, brutalement, il redressa Sophie.

Les mains crispées sur les épaules de la jeune femme, il questionna, la voix sourde et chevrotante :

— Répétez ce que vous avez dit ?

Elle le regarda avec de pauvres yeux de bête traquée et balbutia :

— C'est... votre enfant.

— Jurez-le ?

— Je le jure !... Devant Dieu !

Il laissa tomber sa tête dans ses mains en soupirant :

— Ah ! mon Dieu ! qu'avons-nous fait ? Qu'ai-je fait ?... n'est-ce donc pas assez que je traîne après moi le remords d'avoir trahi mon serment de prêtre, d'avoir sombré dans le péché ; faut-il encore que ma faute prenne corps et me vienne torturer doublement !...

Le voyant ainsi éploré et haletant, en pleine détresse, Sophie voulut le réconforter d'un mot tendre et respectueux, mais il ne lui permit pas d'achever sa phrase.

— Taisez-vous, malheureuse, gardez pour vous-même vos paroles de consolation. Je n'en ai que faire, elles ne pourraient qu'augmenter mon remords.

— Qu'est-ce que j'ai fait ?

— Au moins, ne me maudissez pas ?

— Je ne vous maudis point. Je vous plains d'avoir eu l'aveuglement de trahir notre amitié, d'avoir abusé de moi, d'avoir troublé ma vie à jamais, car maintenant, c'en est fait pour moi des félicités promises aux bons serviteurs de Dieu. Désormais, je ne puis vivre que dans le péché.

Je ne serai jamais plus qu'un prêtre indigne alors que j'espérais n'être qu'une victime dont notre Seigneur aurait enfin pitié. Vous êtes en moi !

— Et moi je vous aime.

— Taisez-vous.

— Je vous adore !... Et vous m'aimez aussi.

— Taisez-vous !... Oh ! taisez-vous !...

Sophie ajouta en baissant les yeux, soudainement recueillie, les mains jointes :

— C'est votre Dieu qui l'a voulu.

Et Lemoine balbutia comme il aurait balbutié un répons :

— S'il est vrai que Dieu l'ait voulu, c'est donc qu'il m'a jugé indigne d'être plus longtemps son prêtre ici-bas !

Sur ces mots il se signa et dit :

— Il faut cependant regagner Vezelles, vous en sentez-vous la force ?

— Non, je suis brisée.

A cet instant, une voiture passa. C'était celle de Lamy, un voisin de Lacogne. Le prêtre demanda au paysan de les reconduire; celui-ci accepta volontiers. Les deux hommes installèrent la jeune femme à l'arrière du véhicule, puis, Lemoine monta à côté de Lamy et le cheval reprit sa course.

Accoté au montant du porte-bâche, les bras croisés sur la poitrine, le regard perdu à l'horizon, le prêtre s'abîmait dans sa détresse.

Sophie, dans la carriole, s'endormit. Peu à peu, ses traits parurent empreints d'un calme infini.

Le cheval avait un trot court. Ils arrivèrent à Vezelles à la nuit tombée. Devant sa ferme, Lacogne faisait anxieusement les cent pas. Lorsqu'il aperçut Sophie à peine remise de son malaise, mais vaillante et qui descendait, sans aide, de la carriole, il leva les bras au ciel et s'écria :

— Enfin ! c'est pas trop tôt ! mais qu'est-ce qu'est arrivé ? Je croyais que tu devais revenir par le train avec l'abbé ?

Alors, Lemoine expliqua qu'en route pour la gare, Sophie avait eu un malaise et qu'ils avaient eu la chance de rencontrer le voisin avec sa voiture.

— Qué malaise que t'as eu ?

— Oh ! un petit évanouissement de rien... la fatigue, sans doute, répondit Sophie.

Et, au bras de l'abbé, elle rentra dans la maison. Lacogne après avoir remercié son voisin, les rejoignit, dans la grande salle basse où la jeune femme s'était assise avant de monter dans sa chambre.

— Tu vas souper ? interrogea Lacogne.

— Oh ! ma foi non, je n'ai pas d'appétit.

Lacogne donna du poing sur la table.

— Mais, à la fin, qu'est-ce que ça signifie, tous ces mics-macs-là ? Hein ?... T'as jamais envie de manger, tu te trouves mal sur les routes... Tu veux pas voir de médecin... C'est louche !

— Mais père...

— J'te dis que c'est louche. Bon Dieu ! je suis pas une bête et j'suis pas né d'hier... quand j'dis que c'est louche, c'est louche... Enfin, c'est-y pas votre avis, m'sieur l'abbé, voyons, là, franchement ?

L'abbé, qui ne quittait pas Sophie des yeux, répondit :

— Evidemment, mademoiselle Sophie est souffrante, mais, je crois, pour aujourd'hui, qu'après une bonne nuit, il n'y paraîtra plus... Elle va monter dans sa chambre, faire sa prière, et dormir tout de suite, n'est-ce pas, Mademoiselle ?

— Oui, Monsieur l'abbé !

— Laissez-la aller, Lacogne, c'est plus sage.

Bourru, le fermier déclara :

— Qué fasse donc ce qué voudra !

Là-dessus, il ouvrit la porte qui donnait sur la cour de la ferme et respira bruyamment. Le vieux ruminait sa colère.

Quand Sophie eut fermé la porte de l'escalier, il se retourna, marcha droit à l'abbé sur le bras de qui il laissa tomber sa lourde patte.

— Allons, l'abbé, on est des amis tous les deux, pas vrai ? Eh bien, faut m'donner votre avis. N'est-ce pas que c'est louche, le malaise de Sophie ?

L'abbé hocha la tête mais ne répondit pas.

Alors, Lacogne, finaud, insista :

— Vous savez quéqu'chose, vous ?

— Moi ?

— Oui, vous, vous savez quéqu'chose que vous ne voulez pas me dire.

— Je vous affirme...

— Pas besoin de m'affirmer, ni de vous donner la peine de mentir... J'suis sûr de ce que j'avance... seulement, vous pouvez p't'être pas parler parce que la petite vous a confié son secret en se confessant... Pas vrai ?

— C'est vrai.

— Elle souffre, hein ?

— Je crois.

— Dites pas j'crois... dites, j'suis certain...

Il fit les cent pas dans la pièce, puis soudain :

— Mais, d'quoi souffre-t-elle ? J'y fais la vie heureuse, elle manque de rien... elle a de l'argent, de la bonne nourriture... A fait c'qu'elle veut... Elle est plus maîtresse qu'moi dans c'te ferme. Alors ?...

L'abbé, debout, les mains croisées sur son bréviaire, le regard bas, restait silencieux.

Lacogne, après une nouvelle pause, poursuivit têtu et rageur :

— V'la pas si longtemps qu'ça, qu'ça la tient... D'puis Pâques, quéques jours après la fête du baptême, t'nez... Oh ! je m'rappelle ben, allez !... Et voulez-vous que j'vous dise, eh ben, c'est d'mal d'amour qu'elle souffre, la petite, elle aime, sûrement... Voyons, répondez-moi donc quéqu'chose, l'abbé... Vous voyez ben c'pendant que j'suis tout r'tourné de c'qui arrive... Si ça continue comme ça encore longtemps, elle va dépérir à se coucher pour des mois dans son lit... Allons, l'abbé, voyons... dites m'en pas beaucoup, mais tout de même un brin !...

L'abbé, alors, d'une voix un peu chavirée, répondit :

— Je ne puis rien vous dire encore, mais, patientez un peu, quelques jours peut-être, alors pourrai-je parler.

Le regard du vieux s'illumina.

— C'est ben vrai, au moins ?

— C'est vrai, oui.

— Dans quéques jours, c'est ben long... Pourquoi pas tout de suite ?

— C'est impossible.

— Pourquoi pas demain ?

— Demain ?... Peut-être.

— Eh ben à demain, alors.

— A demain, sans doute. Et surtout ne troublez pas le repos de votre fille.

— Sitôt vous parti, je m'couche.

— C'est çà... à demain...

Le prêtre et le fermier se quittèrent après une poignée de mains.

Dans la nuit, à pas lents, l'abbé Lemoine gagna le presbytère où Virginie l'attendait anxieuse. Quand la vieille l'entendit qui rentrait, elle courut à sa rencontre :

— A c't'heure-ci, mais j'vous croyais déjà mort ! A tout près de neuf heures pour dîner ! Mais qu'vous est-il arrivé ?

— Rien de grave, ma bonne Virginie.

Il entra dans la salle à manger sans plus en dire, s'assit à sa place accoutumée et toucha à peine aux mets qu'on lui servit.

Lorsque son repas fut terminé, il prit un journal et fit semblant de le parcourir du temps que Virginie débarrassait la table. Lorsque tout fut en ordre, la vieille demanda :

— Vous n'avez besoin de rien, M'sieur le curé ?

— De rien, Virginie, merci.

— Alors, en ce cas, j'vais me coucher.

— C'est ça, bonne nuit, Virginie.

— Bonne nuit, M'sieur le curé.

Elle tourna les talons et sortit. L'abbé Lemoine prêta l'oreille et l'entendit qui montait dans sa chambre, puis, qui marchait, doucement, puis, plus rien. Un profond silence régna autour de lui. Il attendit tout près d'une heure que sa domestique fût endormie profondément ; lorsqu'il en fut convaincu, il se leva, sans bruit, éteignit sa lampe et sortit, fermant avec des précautions infinies la porte de sa maison, puis celle de la grille.

Une fois dans la rue, il parut un instant hésiter sur le chemin qu'il allait prendre et finit par tourner à droite dans la grande rue, puis à gauche, sur la place du marché et se dirigea vers l'Eglise qui se profilait sur le ciel bas et chargé de gros et lourds nuages. La température était étouffante. L'orage menaçait.

L'abbé Lemoine pénétra dans l'Eglise.

Lorsqu'il eut fermé sur lui la lourde porte, il se signa, puis marcha vers le chœur et, sur les marches qui conduisaient à l'autel, s'agenouilla et pria.

Il resta là prosterné et recueilli, une heure au moins.

Après un dernier signe de croix, il se releva, s'inclina profondément et quitta l'Eglise.

Au lieu de prendre le chemin du presbytère, il gagna la campagne, par des ruelles familières, frôlant les murs, ombre marchant dans l'ombre des maisons écrasées sous leurs épais toits de chaume.

Quand il eut dépassé les dernières masures de Vezelles, il s'arrêta soudain et murmura : « Mon Dieu que votre volonté soit faite en toutes choses ».

Et il ajouta à voix très basse : « Mais quel calvaire et quel supplice ! » Il reprit sa marche.

Devant lui, immenses et voilés de nuit, les champs étendaient, à perte de vue, leur mer d'épis. Le ciel, à l'horizon, soudain, fut déchiré par une fusée flamboyante, suivie presque aussitôt par un sourd grondement. L'orage éclatait : bientôt, il serait sur Vezelles. Le vent s'éleva, d'abord, muet et brûlant, puis, peu à peu, il devint plus violent. Dans sa course, il ployait les hautes pailles chargées de grains faisant, sous sa caresse, brutale, maintenant, entendre un long murmure, qui accourait, rapide, soufflait, mugissait, puis se perdait dans la plaine, comme un bruit de soie froissée. Dans le ciel, les nuages amoncelés, bondissaient, se choquaient, paraissaient s'écraser les uns contre le autres tandis qu'à ras de terre, les rafales se poursuivaient haletantes, leurs voix sinistres se confondant dans une plainte de rage.

L'abbé Lemoine marchait dans la rafale, sa robe claquant comme un drapeau.

Soudain, le ciel parut en feu, et, presque aussitôt, une détonation formidable secoua la terre tandis que de grosses gouttes commençaient à tomber, faisant, en s'écrasant, sur le sable de la route, un bruit net et sec.

En quelques minutes les nuages crevèrent. Une trombe d'eau inonda tout, courbant les blés, couchant les avoines, tandis que des prés montait un parfum âcre.

L'abbé, trempé, les épaules ruisselantes, marchait toujours dans la tourmente, du même pas tranquille et las. Il allait, à l'aventure, perdu dans ses pensées.

Après ce que lui avait confessé Sophie, qu'allait-il faire ? Quel était son devoir ? Il se trouvait dans une effroyable et déconcertante alternative.

Tout à l'heure, dans son Eglise, il avait essayé de se réfugier dans la prière, mais sans y réussir. Une obsession le poursuivait lancinante, continuelle, l'arrachait à Dieu, le rejetait dans la vie vulgaire et de laquelle il s'était jadis évadé.

Un être bientôt, allait venir au monde, envers qui il se découvrait des devoirs sacrés, à l'accomplissement desquels sa conscience lui refusait de se soustraire. Jusqu'à ce jour, il avait espéré que, sa faute, au rachat de laquelle il avait voué sa vie ecclésiastique, pourrait enfin sombrer dans l'oubli. Maintenant, c'était impossible, sa faute avait pris corps. Elle serait désormais, là, vivante, inoubliable, et ne pouvait que s'aggraver de son désir de rester en dehors d'elle.

Etant données la droiture et la noblesse de son caractère, ce n'était plus à l'ombre de sa foi qu'il devait demeurer pour apporter un peu de calme à sa pauvre âme torturée, non, c'était dans la lumière d'un foyer, dans l'aurore d'une existence nouvelle.

Ne plus être prêtre, se défroquer, jeter aux orties sa robe qui était pour lui un emblème sacré !...

— J'ai trahi mon serment de prêtre sans désir de trahir, comme en un rêve, je ne suis ni une victime, ni un parjure. Je ne suis qu'un égaré... Pourquoi, mon Dieu, m'avez-vous imposé le supplice de fuir le cher asile qu'est mon Eglise ? Pourquoi m'avez-vous désigné pour un calvaire effroyable à gravir ?... Je vous ai pourtant toujours été fidèle... jusqu'à ma faute...

Il se cachait le front dans les mains, écrasé de douleur et de remords.

Après avoir beaucoup gémi, il pensa, tant sa foi était profonde :

— Dieu m'a jeté dans les bras de cette femme, Dieu l'a fécondée, Dieu nous a unis, que la volonté de Dieu soit faite !

Dans la bourrasque qui grondait, il répéta les mains jointes, dans un élan de son âme suppliciée : « Que la volonté de Dieu soit faite ! »

Et brusquement, sous la pluie qui faisait rage il reprit le chemin d Vezelles, héroïque et résigné.

CHAPITRE XIII

La dernière Messe

Ruisselant, il arriva au presbytère comme onze heures sonnaient à la vieille église. A pas de loup, il entra dans la maison dont il laissa la porte entrebâillée, monta dans sa chambre, fit flamber une allumette et alluma sa bougie, ouvrit une haute armoire, y prit sur la dernière planche, un paquet soigneusement enveloppé d'une toilette en lustrine qu'il déposa sur son lit ; puis, descendit à son cabinet de travail, y écrivit une longue lettre qu'il scella soigneusement de cinq cachets de cire. Ceci fait, il éteignit sa lumière et ressortit, sa lettre d'une main, son paquet de l'autre.

Il alla jusqu'à la poste, dans la boîte de laquelle il jeta le pli, brusquement, comme s'il eut craint de n'en avoir point le courage une seconde après.

Il poussa une sourde plainte et porta la main à son cœur qui venait de se contracter affreusement. Dans cinq heures, sa démission ferait route vers l'Evêché.

Dans la nuit, maintenant étoilée, il reprit sa course vers l'Eglise où il entra, résigné.

A pas précipités, il gagna la sacristie. La demie de onze heures sonna, le prêtre murmura : « Encore une demi-heure. »

Dans l'ombre familière, il sortit les ornements sacerdotaux qu'il prépara lentement, revêtit le surplis, l'étole, la chasuble et attendit agenouillé et en prière que minuit sonnât.

L'heure tant attendue égraina lentement dans la nuit ses douze plaintes.

Alors, il se leva, marcha vers l'autel et célébra sa messe : *la dernière*.

Dans l'Eglise, déserte, sa voix planait comme une plainte. Les saintes paroles, mourant sur le vitrail des fenêtres où la lune, par instant, mettait de la lumière pâle, s'envolaient vers Dieu. A l'élévation, il se prosterna longuement, le front abandonné sur la sainte table. Il communia avec plus de recueillement que jamais. Lorsqu'il eut vidé le ciboire et que son Dieu eut pénétré en lui, il ouvrit les bras en croix et clama une lente imploration, puis, acheva sa messe.

Lorsqu'il eut tout remis en place sur l'autel il en descendit les marches, revint à la sacristie, quitta, les yeux débordant de larmes, ses vêtements d'officiant et d'ecclésiastique, rangea les premiers à leur place accoutumée, plia soigneusement les seconds et revêtit alors, pauvre prêtre déchu, pauvre héros obscur, les vêtements civils qu'il avait conservés et qu'il portait avant son entrée au séminaire, pauvres vêtements, étriqués, usagés et dans lesquels le malheureux apparaissait comme un spectre de lui-même, lamentable et pitoyable vraiment.

Ainsi « déguisé », il prit sa robe, son rabat, son chapeau, et alla les déposer sur l'autel, les offrant ainsi à Dieu, qui, de complicité avec sa conscience, lui imposait ce martyre.

A reculons, comme hypnotisé par la tache sombre que faisait la soutane, il s'éloigna de l'autel, se perdant dans la nuit de l'Eglise; et, sous les orgues muettes, seulement drapé dans son manteau dissimulant ses hardes, il s'agenouilla, fidèle repentant, attendant l'aurore d'une vie nouvelle.

Comme quatre heures sonnaient, Lemoine sortit de l'Eglise et, après en avoir soigneusement fermé la porte, se dirigea vers la ferme de Lacogne.

A l'horizon, des traînées blafardes balayaient le ciel. Les rues du village étaient encore désertes. Lemoine frôlait les maisons dans sa marche précipitée. Enfin, il arriva devant la ferme dont il suivit le mur de clôture jusqu'à l'endroit où s'élevait le petit pavillon réservé au fermier. Il prit le milieu du chemin, ramassa quelques menus cailloux qu'il jeta dans les carreaux de Lacogne. Le vieux, surpris dans son sommeil, se leva en hâte, ouvrit sa fenêtre et se pencha au dehors. Il aperçut Lemoine.

— Ah ! comment, c'est vous, l'abbé ? A c't'heure ? Mais qu'est-ce qui passe ?

D'une voix chavirée, Lemoine répondit

— Ouvrez-moi, il faut que je vous parle, c'est grave et urgent.

— C'est bon, j'y vais, le temps d'enfiler une cotte. Passez par la ruelle...

Le vieux referma sa fenêtre tandis que l'abbé tournait à gauche et s'arrêtait devant une porte basse dans le cadre de laquelle, quelques instants après, apparut la silhouette du fermier.

— Par ici l'abbé !

Les deux hommes entrèrent dans la petite salle à manger où tant de fois, en compagnie de Sophie, ils s'étaient retrouvés pour déjeuner ou pour dîner. Lacogne ferma la porte derrière lui, offrit une chaise au prêtre qui s'y laissa tomber.

— Eh ben, me direz-vous ce qui vous amène ?... bon Dieu !... quoi qu'il y a ? pour que vous veniez à c't'heure m'éveiller. Ou bien s'agit-il de ce que je vous ai demandé hier au sujet de Sophie ?

— Oui, c'est de cela qu'il s'agit. Un petit silence se fit, puis le malheureux commença :

— En ce cas, parlez tout de suite. Un petit silence se fit, puis le malheureux commença :

— Lacogne, puis-je vraiment croire que vous êtes mon ami ?

— Pour sûr que j'suis votre ami et s'il faut vous l'prouver sur l'heure, vous n'avez qu'à parler.

— Merci.

Lacogne tendit largement ouverte sa main dans laquelle Lemoine laissa tomber la sienne, moite de fièvre et tremblante.

Son regard rivé dans celui du fermier, il commença :

— Lorsque vous disiez hier que l'amour seul pouvait avoir jeté votre fille dans le trouble maladif qui la ronge, vous n'aviez pas tort. La malheureuse aime.

— Et c'est pour ça qu'elle fait tant d'histoires ! Elle n'a qu'à m'dire « Père, j'aime un tel ou un tel. »

Mais soudain, il se rappela de Toinet. Il eut peur que Sophie ne se fût à nouveau donnée à un de ses frères. Aussi questionna-t-il ?

— C'est un gars du pays ?

— Non.

Il poussa un formidable soupir de soulagement. Et, débarrassé du doute qui venait de lui labourer l'esprit, il interrogea :

— Si c'est pas un gars d'ici, qui est-ce ? Dites vite, j'vas bouillir, moi !

Pour toute réponse, l'abbé se leva, et laissa glisser à terre son manteau.

En le voyant en civil, Lacogne eut un geste et un cri de stupéfaction.

Il dévisagea, ahuri, le prêtre qui se tenait devant lui, humble ainsi qu'il l'aurait fait devant un juge.

Le fermier ne sachant que penser, questionna :

— Qu'est-ce que ça signifie ? Pourquoi que vous vous êtes habillé comme ça.

— Désormais, je ne porterai plus d'autres vêtements.

— C'est de la folie.

— Non.

— En tous cas, j'comprends pas ce que vot' changement de costume a à faire avec la maladie de ma fille, et son chagrin et ses mines pâles...

Il fit un pas en arrière. Soudain, un soupçon venait de lui effleurer l'esprit.

L'abbé, alors confessa :

— Lacogne, j'ai commis une faute grave. Un instant, j'ai cru que cette faute, avec le secours de la religion et l'indulgence de mes chefs pourrait s'oublier et que la paix me serait rendue. Dieu n'a pas voulu qu'il en soit ainsi. J'ai failli, j'ai trahi mon serment de prêtre. J'ai trahi mon Dieu. Mon Dieu me poursuit, justement, de sa colère divine. Indigne de rester plus longtemps son représentant sur terre, j'ai le devoir de redevenir un simple mortel et de travailler au rachat de ma faute.

Lacogne qui avait peur de comprendre, maintenant, interrogea :

— Mais de quel faute voulez-vous donc parler ?

— Dans un moment d'ivresse et de folie, j'ai été l'amant d'une femme qui porte, aujourd'hui, en elle, la preuve de nos amours coupables.

— Vous ?... vous, l'abbé, vous avez une maîtresse vous ?... vous ! E' une fille du pays ?

Dans un écrasement de tout son être, Lemoine avoua :

Lacogne eut un haut-le-corps et clama, les poings serrés, les coudes en arrière, dans une attitude farouchement menaçante :

— La mienne ?... Sophie ?...

— Oui, Lacogne et je viens vous demander sa main en vous suppliant de vous montrer miséricordieux envers moi.

— Allons, allons, l'abbé, c'est des histoires que vous me contez-là ! C'est pas de Sophie qu'il s'agit ? Vous n'auriez pas abusé de mon amitié et de ma confiance à ce point ?... Vous, un homme que j'ai vu à l'œuvre, vous qui m'avez raccommodé avec la religion. Mais non, c'est des plaisanteries, n'est-ce pas ?

Lemoine ne répondait pas. Il courbait le front comme un coupable.

— Alors, c'est vrai ?... C'est Sophie ?... Eh bien, vous savez, en ce cas vous êtes un rude saligaud ! vous entendez ?... un saligaud !

— Qu'est-ce que ça signifie ?

Il lui crachait sa colère sous le nez, les mains crispées. Puis, donnant un grand coup de poing sur la table, il hurla :

— Maintenant, je m'explique le pourquoi de ses malaises et de ses mines retournées !... Elle est enceinte !... Eh ben, c'est du propre !... Vous avez peut-être seulement fait ça sous mon toit ! pendant que je vous laissais seuls, après le souper !... Et ça venait me parler de pitié, de morale !... La main de ma fille !... Tu t'en ferais crever, mon petit ! c'est pas sa main que tu veux, c'est mon bien !... Mais on ne me la fait pas à moi, mon gars !... Oh ! on m'avait bien dit de me méfier de vous autres et que vous n'étiez bon qu'à faire des simagrées et à troubler les familles avec votre Dieu de malheur ! Mais tu ne troubleras pas la mienne, de famille, toi ! Je t'en fous mon billet !

Lemoine l'interrompit.

— Vous ne pouvez me condamner aussi impitoyablement sans m'entendre.

— J'en ai déjà que trop entendu.

— Non, Lacogne. Si ma faute est grave, elle porte en elle son pardon et vous m'entendrez. Je ne suis pas seul coupable. Votre fille l'est autant que moi, sinon plus.

— Dis tout de suite qu'elle t'a pris de force !

Alors Lemoine conta, par le détail, comment la chose s'était produite. Il fit ce récit des larmes plein la voix, écrasé, navrant.

Lacogne, les poings sur les hanches, l'écoutait et, au fur et à mesure que le malheureux narrait sa pauvre et triste aventure, il sentait sa colère fondre, peu à peu. Le désespoir de ce prêtre, son courage, sa loyauté, son air de sincérité, mouvaient le forçaient à la pitié.

Lacogne, longtemps, marcha dans la pièce, de long en large, parfois s'arrêtant devant ce pauvre diable d'homme, presque grotesque dans ses habits nouveaux et prêt à le prendre par la main, à le redresser d'une rude étreinte, à le réconforter d'une bonne parole. Pourtant, c'était dur ce qu'il venait d'apprendre, et un reste de colère grondait en lui.

Mais, ce n'était pas un méchant homme.

Il s'approcha de Lemoine, lui posa sa large patte sur l'épaule.

— Lemoine, regardez-moi bien en face. L'aimez-vous au moins Sophie ?

L'abbé répondit dans un jet de larmes :

— Oui je l'aime, elle est en moi depuis cette nuit maudite.

— Cette nuit maudite, comme vous y allez ! On vous en flanquera des filles bâties comme Sophie pour traiter de maudite la nuit où elle s'est donnée ! mais, c'est pas tout ça !... Le mal est fait, y a plus qu'à le réparer.

— J'y suis prêt.

— Je vois bien, mais faut qu'y ait autre chose que le devoir qui vous fasse demander sa main... Le devoir, c'est très joli, mais si c'est pour lui reprocher plus tard de vous avoir pris au bon Dieu !

— Je n'ai de reproche à faire qu'à moi seul.

— Bon !... Maintenant, le mariage... le mariage... faut-il encore qu'elle veuille bien, vous n'y en avez pas causé ?

— Non pas encore.

— En ce cas, attendez-moi là, j'y vais.

Lacogne monta chez Sophie. La porte n'était pas fermée, il entra dans la chambre sans frapper. Au bruit qu'il fit, Sophie s'éveilla en sursaut et demanda la voix encore pleine de sommeil : Qui est là ?

— C'est moi, ne te tourne pas les sangs, cela pourrait être mauvais dans ton état.

Elle répéta en se frottant les yeux :

— Dans mon état ?

— Ben oui, quoi, t'es enceinte.

Il s'était assis d'un bond au pied du lit en disant cela. Sophie le dévisagea.

— Oh ! t'as pas besoin de me regarder comme ça, va... T'aurais mieux fait d'être franche avec moi au lieu de me conter des menteries.

— Mais, père...

— Y'a pas de père qui tienne... es-tu enceinte, oui ou non ?

— Qu'est-ce qui t'a dit ça ?

— Quelqu'un qu'est en bas et qui veut t'épouser.

— M'épouser ? Qui ça ?

— Lemoine.

— Lemoine ?

— Ben oui, quoi, l'abbé.

Elle le regarda, hébétée.

— Quand tu me regarderas avec ces yeux-là, ça ne fera pas passer ton gosse, ça... L'abbé Lemoine quitte l'Eglise et veut réparer la faute qu'il a commise ou plutôt que tu y as fait commettre, si j'en crois ce qu'il m'a dit...

— Il a dit vrai.

— Tu l'aimes donc ?

— Oui, je l'aime.

— En ce cas, habille-toi et descends, on va parler de ce qu'il propose.

Là-dessus, Lacogne tourna les talons et alla retrouver le prêtre dans la salle basse.

— J'y ai parlé, elle a pas dit non, elle va venir.

Quelques instants après, Sophie entrait dans la pièce où, muets et pensifs, l'attendaient les deux hommes.

A la vue de Lemoine dans ses habits civils, elle tressaillit et pâlit. Elle eut comme un imperceptible mouvement de recul.

Lemoine lui, se leva, et, la main tendue, marcha vers elle. D'une voix blanche, il dit :

— Votre père vous a parlé ?

— Oui.

— Acceptez-vous d'être ma femme ?

Elle l'enveloppa d'un long regard, puis ses yeux allèrent à Lacogne et de Lacogne au prêtre. Il y avait de la stupéfaction, de la désillusion dans ce regard, quelque chose de navré qui n'échappa pas au fermier, ni au prêtre qui comprit et pensa, torturé par une crainte subite : « Je ne suis plus le même homme. Son amour pour moi n'était-il qu'un sentiment dont je crains de surprendre toute la perversité ? »

Sophie, elle, pensait : « Est-ce l'homme que j'adorais, hier ? » Elle comprit, à cet instant solennel, que ce n'était pas l'homme qu'elle aimait, mais le prêtre, l'être d'exception qui, débarrassé de son uniforme n'était plus qu'un mâle gauche et sans attraits.

Oh ! quel mauvais réveil ! quelle désillusionnante manifestation d'une réalité désormais sans charme et banale à crier !

Lacogne la brusqua :

— Eh ben, il t'a posé une question, qu'est-ce que tu attends pour y répondre ?

Baissant les yeux, elle vit sa taille déformée.

— Tu dis oui, pas vrai ?

C'était un ordre que lui donnait son père. Elle comprit, en une seconde, qu'un refus de sa part serait pour elle la cause de multiples tourments, le renvoi peut-être, la perte de cette existence heureuse qui était la sienne depuis de longs mois.

D'un voix ferme, elle dit :

— C'est oui.

— Alors, remonte dans ta chambre... On a à causer Lemoine et moi.

Elle sortit, son regard ne pouvant se détacher du prêtre.

Lemoine eut l'intuition qu'il allait peut-être souffrir d'avoir eu l'héroïsme de faire son devoir.

CHAPITRE XIV

L'Echéance

— Maintenant, c'est pas tout ça, qu'est-ce qu'on va faire ?

La situation était délicate, Lemoine ne pouvait pas rester dans pays où le scandale ne manquerait pas d'éclater. Ils ne pouvaient pas marier là, non plus. Il grommela :

— Fichue idée que vous avez eue-là tout de même, l'abbé ! Enfin !

Il fut décidé que l'abbé partirait dans une heure pour Arvranches, à cinq lieues de Vezelles, et où Lacogne possédait un petit bien composé de trois hectares de bois, au milieu desquels s'élevait un ancien rendez-vous de chasse.

— J'vas faire atteler, vous conduirez vous-même, vous savez ?

— Oui, je sais.

— Demain, j'irai à la mairie pour les bans. Ce bien d'Arvranches, vous le ferez exploiter ou vous l'exploiterez vous-même ; ça et dix mille francs, ce sera la dot de Sophie, car faut bien que je vous donne de quoi vivre, vu que vous n'avez rien ni l'un, ni l'autre... A ma mort, Sophie héritera de tout... J'avais rêvé un autre mariage pour elle, mais bah, contre la force... Et vous, vos affaires ? votre Eglise ?

— J'ai envoyé ma démission cette nuit.

— Et, si cependant Sophie avait refusé d'être votre femme ?... Y s'en est fallu de pas grand chose, j'ai senti ça tout à l'heure... Oh ! tout ça, tout ça... C'est peut-être bien précipité... Hein ? On y a comme qui dirait forcé la main, à c't'enfant, c'est pas votre avis ?

— Je voudrais parler à Sophie tout de suite.

— C'est ben simple, montez un étage. C'est la porte en face... du reste, que j'suis bête, vous connaissez le chemin !...

Lemoine disparut par le petit escalier qui conduisait à la chambre de Sophie. Il frappa. Une voix morte balbutia : « Entrez » ! Lorsqu'il franchit le seuil de la porte, Sophie sauta à bas du lit où elle était accroupie. Dans un geste à la fois de tendresse et de protection, Lemoine lui tendit les bras. Elle se vêtit en hâte d'un peignoir, et vint à lui sans enthousiasme. Il la conduisit à un fauteuil où elle tomba, s'assit près d'elle sur une chaise très basse et qui servait de prie-dieu à la jeune femme.

Ainsi, dans son regard, il lui prit les mains et, d'une voix étouffée qu'il s'efforçait de rendre caressante, une voix qui rappelait un peu celle qui, souvent, avait bercé délicieusement Sophie, il demanda :

— C'est bien librement que vous consentez à devenir ma femme ?

— Oui.

— Vous le jurez ?

— Oui, je le jure.

Elle ne craignait plus de mentir à cet homme qui n'était plus prêtre.

— En ce cas, nous allons travailler chacun, avec l'aide de Dieu, à constituer un foyer dans le calme oubli d'une faute mutuellement commise. N'est-ce pas ?

Au bout d'un instant de silence, Sophie interrogea :

— Ainsi, depuis hier, vous avez librement décidé cette chose terriblement grave : l'abandon de votre mission chrétienne ?

— Notre faute ayant porté ses fruits, avais-je le droit de méconnaître plus longtemps mon devoir et mes responsabilités ?... Et puis, maintenant, je ne pourrais plus être prêtre, je ne pourrais plus dignement remplir mes fonctions de pasteur : je vous aime et cet amour, qui peut faire de moi un brave homme, n'aurait fait de moi qu'un mauvais prêtre, indigne et tourmenté. Il est des heures, dans la vie, où il vaut mieux être un déserteur qu'un parjure ou un tartufe. Loin de l'Église je saurai vous rendre loyalement heureuse et ma vie tout entière vous sera consacrée ainsi qu'à mon enfant que j'aime déjà comme je vous aime, de toutes les forces de mon âme.

— Mais quel scandale !

— Je ne le fuirai point et j'aurai pour moi les vrais chrétiens et les honnêtes gens.

— Ah ! pourquoi ne m'avez-vous pas consultée avant de prendre cette résolution sur laquelle, à cette heure il est peut-être pour vous, encore temps de revenir ?

— Revenir sur ce que j'ai fait ! Y pensez-vous ?... Dans une heure, l'Evêque aura ma démission entre les mains et dans notre village...

Il n'eut pas le temps de finir sa phrase.

Un bruit, jusque là confus, éclata en tempête sous la fenêtre de Sophie. Dans un même élan de curiosité inquiète, ils se penchèrent sur la ruelle. A leur vue, cent voix sonnèrent dans un même cri de colère furieuse, des poings se tendirent vers eux, des femmes les insultèrent. Une injure domina le tout. La nouvelle s'était répandue dans le village, colportée par le bedeau qui avait trouvé les vêtements sur l'autel. Sophie et Lemoine rentrèrent apeurés et tremblants, fermèrent la porte, gagnèrent le rez-de-chaussée. Mais de là, ils perçurent de nouveaux murmures houleux, poussés par des voix familières à Sophie. C'étaient les gens de la ferme qui, rassemblés dans la cour, ne cachaient pas leurs sentiments à l'égard des deux amants.

On avait toujours été un peu jaloux de Sophie et, dame, ce qui venait d'arriver n'était pas fait pour lui apporter de la sympathie. Ce fut pis encore lorsqu'on apprit que Lacogne la dotait richement et qu'elle hériterait de lui.

Comme il fallait s'y attendre, on accusa Lemoine d'avoir agi dans un but intéressé.

« En compromettant la fille, j'aurai le magot ».

Ah ! pour un scandale, c'était un beau scandale.

De la journée, Sophie n'osa sortir. Elle resta dans sa chambre en compagnie de Lemoine, abattu, désemparé, ruminant sa honte. Ce ne fut qu'à la nuit tombée qu'il se décida à partir pour Arvranches où Lacogne le conduisit.

Dans la charrette, debout, le visage livide, les lèvres et le menton ombrés par une barbe de deux jours, il avait l'air d'un condamné à mort qu'on conduit au supplice.

A Arvranches, dans cette maison isolée, au milieu des bois, il retrouva un peu de calme. Il passa la nuit sur un lit sans draps. A l'aube, il se leva, fit un tour sous les hautes futaies et dans le hameau. Mais, à peine engagé dans la grande rue, il s'aperçut bientôt qu'on le désignait du doigt, il était gêné par les regards qui pesaient sur lui. Son histoire était déjà connue à dix lieues à la ronde. Les journaux se mêlaient de ses affaires et commentaient son attitude. Est-ce que son cauchemar allait le poursuivre ainsi, toujours et sa vie ne serait-elle qu'un long calvaire ?

Regretterait-il un jour d'avoir agi en honnête homme, de ne s'être pas conduit comme beaucoup de ses semblables, de ne pas avoir fui ses responsabilités et de n'avoir point abandonné la créature qu'il avait fécondée ; ou bien encore de ne pas avoir engagé Sophie à faire disparaître habilement la trace de leur faute ? Non, devant Dieu, il ne regrettait rien.

Il avait une âme solidement trempée, il lutterait vaillamment, farouchement. Loin de se cacher comme un coupable, il circulerait au grand jour, porterait haut la tête et, la vie passant sur tout cela mettrait de l'oubli sur son passé. Et puis, il aimait Sophie et trouverait dans cet amour la force et la vaillance nécessaires.

Une seule chose l'inquiétait : l'attitude de celle qui bientôt serait sa femme.

— Prêtre, elle m'adorait, homme et fermier, m'aimera-t-elle ?

Cette interrogation qu'il formulait, non sans anxiété, le plongeait dans un trouble profond.

Il était sûr de lui, mais il l'était moins d'elle.

Fatalement, il se souvenait de ce qu'avait été Sophie avant de venir se réfugier à Vezelles. Et cela lui causait une cuisante douleur d'âme.

Sophie était-elle à ce point régénérée moralement qu'il puisse, non sans appréhension, accepter de devenir son mari ?

Etait-elle vraiment digne du sacrifice qu'il s'était imposé ? Allait-elle lui donner tout le bonheur qu'il espérait et dans la paix duquel il oublierait, peu à peu, sa faute ?

Allait-elle être la compagne honnête et digne qu'il voulait ?

Et il affirmait :

— Oui, elle sera cela, je l'y aiderai, de toutes mes forces. Je serai, comme par le passé, son directeur de conscience. A chaque heure du jour, je veillerai sur elle. Pour elle, je resterai le prêtre, je lui prêterai beaucoup de mon courage... J'en ferai une créature irréprochable goûtant, enfin, la joie de vivre dans le chemin de l'honneur... Et pour l'y aider, je saurai être à la fois un ami et un ange, un mari et un maître.

CHAPITRE XV

Pauvres gens !

Comme Lemoine avait pris par la grande rue du village pour gagner son petite domaine, et, au moment où il passait devant l'auberge regorgeante d'hommes attablés à vider des brocs de cidre, un grand diable, avec une tignasse rousse débordant d'un large chapeau de paille, la face rougeaude et goguenarde, l'arrêta de la voix et du geste :

— Eh, l'abbé !...

Lemoine tourna la tête vers celui qui l'interpellait.

— Mon ami ?

— Vous venez trinquer un coup avec nous ?

Cette invite était une mise à l'épreuve. Lemoine le comprit et accepta. Lorsqu'il se fut assis à la table de l'homme et, après qu'il eut lampé deux grandes bolées de cidre, on l'accabla de questions. Alors, c'était bien vrai, c'était lui, l'abbé Lemoine ? Il allait épouser la fille à Lacogne ? Une bonne affaire pour lui ! Il avait eu du nez d'engrosser la petite ! Ça n'avait pas dû être bien difficile, vu que la Sophie avait déjà vu pas mal de loups à Paris !

Lemoine les laissa vider leurs panses à fiel.

Lorsqu'ils furent à court de quolibets et de mauvais propos, il commanda deux pichets pour que tout le monde put trinquer à sa santé et à celle des absents. Les hommes se regardèrent, étonnés, et l'un d'eux murmura : « Eh bien, les gars, c'tit-là, c'est pas un méchant fieu ! » Le cidre versé, on trinqua, on but, et lorsque les verres furent posés bruyamment sur les tables, Lemoine commença :

— Mes amis, je ne suis parmi vous que depuis un jour, vous me connaissez à peine et vous me jugez mal. Nous allons faire connaissance. Mon aventure a fait bien du bruit, trop de bruit à Vezelles. Les uns en ont profité pour m'insulter, les autres m'ont plaint. En agissant comme j'ai agi, j'estime que j'ai fait mon devoir, tout mon devoir. Je n'ai obéi ni à un bas calcul, ni à la cupidité, croyez-le. Je suis un égaré, un faible, qui n'a pas eu la force de résister à la tentation, mais qui a trouvé l'énergie de réparer loyalement la faute commise. Pour l'Eglise, je suis un déserteur, pour les braves gens que vous êtes tous, je ne peux être qu'un honnête homme qui a bien souffert, croyez-le, qui a bien pleuré, mais qui, à cette heure, est en règle avec sa conscience, et éprouve, de ce fait, une joie infinie. Voilà qui je suis, et là-dessus, on va trinquer. J'ai besoin de bras solides et de bons compagnons pour défricher le bien d'Arvranches que Lacogne donne en dot à sa fille, que ceux qui sont sans ouvrage viennent frapper à ma porte, ils seront les bienvenus et je serai pour eux plus qu'un patron : un ami.

Du silence plana, puis celui qui avait accosté Lemoine, se leva, lui tendit sa large main, pressa la sienne dans une étreinte violente, et s'écria :

« C'est ben parlé, ça... c'est ben !... c'est ben !... On est des amis à c't'heure ! »

A partir de ce moment-là, Lemoine avait partie gagnée à Arvranches. Pour un peu, à la sortie du cabaret, on l'aurait porté en triomphe. Ce n'était plus un sale défroqué, c'était un brave gars.

Le lendemain, à cinq heures du matin, vingt hommes étaient là, prêts à le servir, déjà dévoués et gagnés à sa cause. Quand, vers huit heures, Lacogne arriva avec Sophie et deux servantes, Lemoine, avec un geste large, une face réjouie et un regard satisfait, lui désigna la plaine où, déjà, les charrues crevaient le sol, où l'on fauchait la luzerne haute comme des avoines.

Lacogne en restait estomaqué et tout joyeux :

— C'est ben ça, Lemoine ! Et si le travail ne vous fait pas plus peur que ça, vous n'aurez point de mal à oublier vot' mauvais rêve.

Lemoine, avec un long regard à Sophie, répondit :

— Pourvu qu'elle m'aime, la vie sera douce et bonne.

Sophie ne répondit point. Aidée des deux servantes, elle mettait le logis en état. De la charrette qui les avait amenés, elle sortait de la vaisselle, du linge, des cuivres. Quatre paires de chevaux et deux bœufs arrivèrent. Lemoine les conduisit aux écuries, sur le sol desquelles on éparpilla de la paille fraîche.

A onze heures tout le monde était réuni autour d'une grande table sur laquelle fumait la soupe dans une volumineuse soupière en terre rouge.

Lemoine s'étant levé, fit le signe de la croix, récita le « *benedicite* » et le repas commença.

A l'heure de la sieste, Lemoine fit visiter le domaine à Sophie. Ils parlaient peu. De retour à la ferme, ils se séparèrent après un baiser. Lemoine la regarda partir au bras de Lacogne et il resta planté dans du soleil, le visage assombri, l'âme inquiétée par un sombre pressentiment.

Le jour de la noce arriva.

Tout se passa simplement, sans tralala.

On dansa bien, le soir, mais pas longtemps.

Une gêne paralysait tout le monde. Une gêne qu'avaient fait naître l'attitude et le visage renfrogné de Sophie. Lacogne seul exultait.

Quand tout le monde fut parti et que Lemoine resta avec sa femme, dans la grande chambre où devait s'écouler leur nuit de noce, Sophie, assise dans un coin d'ombre, les coudes aux genoux, les poings enfouis dans les yeux, ne pleurait pas, vivait à peine. Elle était comme vide de toute pensée et de toute volonté.

Près d'elle, Lemoine, debout, les bras ballants au long du corps, la contemplait, le regard navré, l'esprit inquiet, n'osant pas la tirer de sa prostration mais pensant, triste, lugubre, à ce qu'allait être demain.

A pas de loup, il se dirigea vers le lit et s'y laissa glisser, s'y étendit, la face cachée dans les oreillers profonds.

Et là, il gémit en sourdine. Lentement, tout le passé lui revint en mémoire ; son enfance, son séjour au séminaire, son calvaire de prêtre, son existence de renégat. Dans la nuit, devant ses paupières closes passèrent et repassèrent comme des ombres de cauchemar, ses heures de jadis heures pieuses de joie saine qu'il avait vécues à Vezelles, à l'ombre de son clocher, dans la paix de son petit presbytère, à l'abri des passions humaines, derrière le rempart de sa foi. Son corps, un instant, vibra de sursauts précipités. Son pressentiment de chaque jour depuis qu'il s'était réfugié à Arvranches le poursuivit à nouveau : « Pas de bonheur pour lui en dehors de l'Église qu'il avait trahie ». Il se dressa d'un bond sur le lit. Le corps cassé dans l'agenouillement, les mains jointes à la hauteur du visage, près des lèvres balbutiantes, le regard vers son Dieu, il pria, pria dévotieusement et long-temps sans que la paix lui soit rendue. Son âme ne cessait d'agoniser. Alors, soudain, il eut un tressaillement de révolte et cessa de prier pour se tourner vers Sophie qu'il espérait toujours prostrée, dans son coin. Mais la jeune femme, sans mouvement, comme figée en extase, le dévisageait. Il se crut dans la nécessité d'expliquer la raison de son attitude :

« Je priais pour nous. »

Et Sophie répondit :

— Je priais avec toi.

Alors, il se pencha sur elle, l'enveloppa dans une lente étreinte et murmura, après l'avoir longuement embrassée sur le front, ses mains fiévreuses à demi cachées dans les boucles des cheveux :

— Désormais, tu seras mon Dieu. Ma vie tout entière t'appartient sans partage et pour ton complet bonheur.

Elle soupira longuement :

— Serons-nous jamais heureux ?

— Oui, si tu m'aimes.

Elle ne répondit point et dit simplement qu'elle était brisée et voulait prendre quelque repos. Et, en disant cela, elle le repoussait doucement.

Il sortit à reculons, le cœur étreint par cette pensée : « Pour moi, toute joie est finie. »

Sophie ferma la porte sur lui, sur l'ombre de son mari, et il l'entendit qui marchait dans la pièce, puis se couchait. Du silence l'enveloppa, il gagna sa chambre d'hier, là-haut sous les combles. Mais, au moment d'y entrer, dans cette pièce étroite et sans âme, il hésita, eut peur de se trouver dans la solitude de ce réduit, et descendit, en frôlant le mur de l'escalier pour éviter de faire du bruit, dans la cour de la ferme. Il se laissa choir sur un tas de paille et, les bras en croix, palpitant et désespéré, il resta écrasé sous le regard des étoiles, dans la grande nuit silencieuse.

CHAPITRE XVI

Vers le Bonheur

Les jours lentement s'écoulaient. La délivrance de Sophie arriva. Depuis leur mariage, les deux époux avaient vécu dans le désert d'une existence sans bonheur, dans une atmosphère de gêne. Ils se parlaient à peine, se séparaient pour aller dormir et se retrouvaient à l'aube, sans joie.

Lorsque les premières douleurs, un matin, prirent Sophie, Lemoine courut chercher le docteur à Vezelles et le ramena d'urgence. Après avoir vu la malade, il déclara : « ce sera pour bientôt, je vais rester ». Lemoine ne quitta pas la chambre. Au chevet de sa femme dont il tenait les mains dans les siennes fiévreuses et vibrantes, il l'inondait d'un regard de tendresse infinie, lui souriait aux minutes d'accalmie et se penchait sur elle en lui murmurant dans un baiser : « Courage, ma chère femme, courage ». Et elle lui répondit d'une voix un peu tremblante : « Ne me quitte pas, j'ai peur ».

Bientôt, l'enfant, rose, se débattit sur la couche, jetant, stridents et précipités ses premiers appels à la vie.

— C'est une fille !

Sophie, brisée, avait clos les yeux. Elle soupirait doucement à petits coups, délivrée, anéantie.

Lemoine, lui, un peu pâle, pleurait à grosses larmes, en aidant de son mieux le docteur et la servante qui nettoyaient la petite.

Quand la toilette de Sophie fut terminée et qu'on l'eut bordée, dans un grand lit tout blanc, elle revint à la vie, soudain, et demanda son enfant. Ce fut son mari qui le lui tendit. Elle le regarda longtemps, longtemps. Lentement, dans sa joie et dans son émotion, des larmes mouillèrent ses paupières, elle embrassa l'enfant qui déjà, d'un mouvement continu des lèvres, réclamait le sein, et demanda à ce qu'on le laissât un peu près d'elle, tout contre elle, pour qu'elle le sentît vivre. On accéda à son désir. Quand elle eut le petit être contre sa poitrine, arrondissant son bras autour de lui, elle appela Lemoine de la main, l'attira vers ses lèvres qu'elle lui offrit comme un fruit et, pour la première fois, depuis leur mariage. Puis, dans un souffle, elle murmura, les yeux clos, dans un abandon de tout son être : « Je t'aime, maintenant que je suis mère, grâce à toi, comme je t'aimais jadis de toute mon âme ! »

Lemoine eut un hoquet d'étouffement et trembla, souriant, pleurant, ivre de joie. Il embrassa longuement sa femme, ayant à cette minute suprême l'impression très nette que le bonheur était dans la maison.

. . . .

Lacogne est mort !

Il paraît que les Lemoine vont avoir un troisième enfant ; ils veulent un fils et leurs deux gamines se réjouissent déjà d'avoir un petit frère à soigner, à dorloter : ce sont de petites femmes... cinq ans ! quatre ans !...

FIN

❖✦❖✦❖✦❖✦❖✦❖✦❖✦❖✦❖✦❖✦❖✦❖✦❖✦❖✦❖✦❖✦❖✦❖

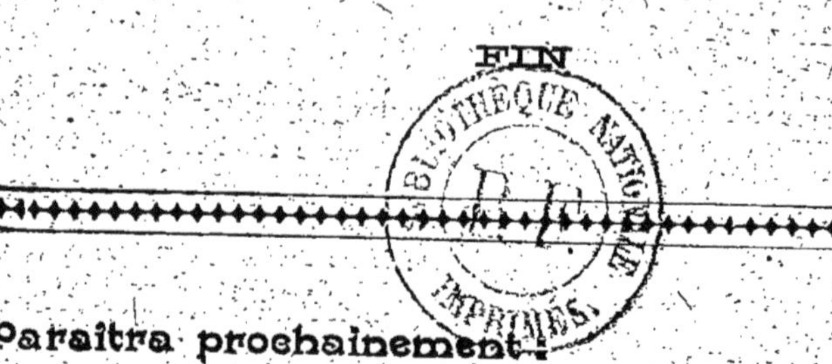

Paraîtra prochainement :

LE ROMAN DE SIMONE

PAR

Jacques YVEL

❖✦❖✦❖✦❖✦❖✦❖✦❖✦❖✦❖✦❖✦❖✦❖✦❖✦❖✦❖✦❖✦❖✦❖

Vient de paraître :

LE NOUVEL
ORACLE DU DESTIN
(1918)

Pour Dames et Jeunes Filles, Marraines et Poilus.

par Mme ATHÉNA

PRIX : 1 Franc,

Envoi franco contre 1 fr. 15 en timbres adressés à la *Librairie des Romans Choisis*, 94, avenue de la République, Paris.

61470-8. — Imp. de la Bourse de Commerce (G. Bureau), 35 rue J.-J. Rousseau, Paris